중년이 되면
괜찮을 줄 알았다

중년이 되면
괜찮을 줄 알았다

조숙경 지음

두드림미디어

프롤로그

지난 30년의 시간은 남편과 아이들 뒷바라지하면서 나보다는 가족을 위해 살아온 세월이었다. 대부분의 평범한 전업주부들은 자신의 삶보다는 자식과 남편의 행복이 자신의 행복인 양 삶을 살아간다. 나 또한 그랬다. 하지만 어느 순간, '내가 이 세상에 태어난 이유가 단지 남편과 아이들 돌보기 위해서인가?', '나도 하고 싶은 것 하면서 내 인생을 살고 싶은데…' 하는 생각이 들었다.

'시련은 축복이다'라는 말이 있다. 나에게 온 시련을 겪어내면 또 다른 문이 열린다는 것을 알았다. 계속 몸이 안 좋은 상태에서 병원 응급차 신세를 지게 되었다. 의식은 있었지만, 기운이 없어 아무 말도 할 수 없었다. 지금과는 다른 뭔가를 해야 한다는 무의식이 보내는 신호라고 느껴졌다.

먼 미래보다는 지금, 현재 내가 할 수 있는 일이 무엇이 있는지 생각하게 되었다.

쉰 넘게 살아오면서 인생을 한번 정리하고 가야겠다는 생각이 들었다. 내 안에 켜켜이 쌓여 있는 이야기를 정리하고 싶었다. 아무한테도 말하지 않고 가슴속에 담아왔던 이야기들과 생각들을 풀어보고 싶었다. 책을 쓰기로 한 후, 엄청난 설렘과 두려움으로 몸에 전율이 왔다. 지금 책을 쓰지 않으면 안 될 것 같은 느낌을 받아 크게 생각하지 않고 결정했다. 인생에서 꼭 한 번은 해봐야 하는 일이라는 생각과 한 번 사는 인생 후회 없이 살아야 한다고 느꼈기 때문이다. 지금이 기회라고 생각했다.

이제는 나 자신을 돌보고 나를 위한 시간을 가지며 제2의 인생을 살려고 한다. 중년이 되니 진정으로 내 인생을 살 기회가 온 것 같다. 기회는 갑자기 온다고 했다. 기회를 내 것으로 만들어서 하고 싶은 것을 하는 것이 후회 없는 삶을 사는 방법이 아닐까 싶다.

책을 쓰면서 나에 대해 집중하고 깨닫는 시간을 가질 수 있었다. 그동안 살아오면서 끊임없이 나를 채찍질하고, 매 순간 성장하고 싶은 욕구가 있었다는 것을 알게 되었다. 이제는 더 이상 다른 사람들에게 휘둘리지 않고 내 가슴이 시키는 대로 한다면 후회하지 않는 인생, 인생을 즐기며 원하는 삶을 살 수 있을 것이다.

이 책에는 나의 어린 시절과 어린 나이에 결혼해 힘들게 독박육아 했던 때와 결혼 생활의 시련, 그리고 중년이 된 현재의 생활에 관해 담았다. 현재 중년을 앞두고 있거나, 중년의 관문을 통과하고 있거나 통과한 사람이라면 누구나 공감할 이야기들로 구성되어 있다.

지금까지 최선을 다해 열심히 살아온 이 세상의 중년들에게 고생했다는 위로와 따뜻한 격려의 말을 전하고 싶다. 지금까지 힘든 고비를 견디며 잘 버텨온 이 시대의 모든 중년에게 힘찬 박수를 보낸다.

항상 옆에서 든든하게 나를 믿어주고 사랑해주는 내 반쪽과 엄마는 할 수 있다는 응원과 용기를 주는 사랑하는 아들, 딸에게도 고맙고 사랑한다는 말을 전한다. 이 세상에 나를 존재하게 해주시고 항상 걱정해주시고 사랑해주시는 나의 부모님과 항상 챙겨주시고 아껴주시는 시부모님께도 사랑과 감사의 말을 전한다.

마지막으로 이 책이 나오기까지 도움을 주신 '한국책쓰기강사협회'의 김태광 대표님과 권동희 대표님, 강한 동기부여와 의식성장을 할 수 있게 많은 도움을 주신 두 분께 진심으로 감사의 인사를 전한다.

조숙경

CONTENTS

1장

시련은 변형된 축복이다

불안과 두려움의 파도

우리는 세상을 살아오면서 많은 시련과 힘든 고비를 마주하고 살아간다. 각자의 인생에서 찾아오는 불행의 크기와 깊이는 개개인의 의지와 마음, 생각에 따라 다르게 느껴질 수 있다. 나 또한 인생을 살아오면서 여러 힘들고 어려웠던 순간이 많았다. 그때는 어렵고 힘든 일이 평생 지속될 것 같은 두려움과 불안감으로 잠을 설치며 일상적인 생활이 힘들었다.

남편이 회사를 그만두고 몇 년을 쉬었던 적이 있었다. 처음 쉬었던 것은 큰아이가 6살, 작은아이가 3살 때였다. 본인의 뜻이 아닌 어떤 상황으로 인해 회사를 그만두어야 했다. 그때는 IMF 시기이기도 했고 여러모로 상황이 좋지 않았다. 남편의 회사는 시골에 있었다. 회사를 그만두고 시골에서 계속 생활하는 것은 여러 가지로 무리가 있었다. 아이들 장래와 미래를 생각하니 도시로 가는 편이 나을 것 같아 고향인 부산으로 가게 되었다.

부산에서 몇 개월을 생활하고 있을 때쯤, 남편 회사에서 다시 와달라는 연락을 받았다. 그때는 정말 너무 기뻤다. 내가 간절히 원하니 하느님께서 내 기도를 들어주셨다고 생각했다. 그렇게 남편은 다시 회사에 입사하게 되었다. 그런데 기쁨도 잠시였다. 예전보다 차츰차츰 일이 더 많아지더니 야근을 밥 먹듯 하고 점점 더 힘들어졌다.

매일 힘든 야근으로 인해 몸과 마음이 지칠 대로 지친 남편은 쉬고 싶다고 했다. 나는 심각하게 생각하지 않고 '얼마나 힘들었으면 쉬고 싶다고 말을 할까?'라는 생각이 들었다. 그래서 남편을 힘든 회사 생활에서 벗어나게 하는 게 맞다고 생각했다. 큰아이가 초등학교 2학년이었고 작은아이는 유치원에 다니고 있을 때였다.

남편은 회사를 그만두고 쉬면서 육아며 집안일 등 그동안 바쁜 회사 생활로 신경 쓰지 못했던 부분들을 같이하면서 편하고 자유롭게 생활했다. 나도 남편이 옆에서 함께하니 좋았다. 그런데 사실 나는 남편이 조금 쉬다가 다시 일자리를 알아볼 줄 알았다. 그러나 1년이 지나고 2년이 지나면서 아무것도 하지 않는 상태가 계속되었다. 점점 '이게 아닌데'라는 생각이 들면서 불안해졌다.

남편은 회사 생활이 너무 힘들었는지 다시는 회사에 들어가지 않으려고 했다. 그럼 회사 말고 어떻게 할 것인지 물으면 모르겠다는 대답만 했다. 참으로 막막했다. 우리는 외벌이였고 나는 결혼 전 학원에서 아이들

가르치는 일을 했었다. 그렇다고 시골에서 과외를 할 수도 없는 상황이었다. 남편이 대기업에 다니고 있어서 직장은 걱정 안 해도 되겠다고 생각했다. 그런데 이렇게 빨리 회사를 그만둘 줄은 정말 몰랐다.

남편은 점점 혼자 있는 시간이 많아졌다. 시골이었기에 집에서 조금만 벗어나면 크고 작은 저수지가 많이 있었다. 남편은 아침 일찍 일어나 낚시 가방을 메고 저수지로 향했다. 그렇게 나가면 해가 다 져서 들어왔다. 올 때는 가방에 붕어며 잉어 등 잡은 민물고기들을 들고 왔다. 들고 온 생선은 베란다에서 다듬고 씻어서 냉동고에 보관하곤 했다. 본가에 갈 때 가져가거나 필요한 사람이 있으면 주려고 했다. 우리 부부는 고향이 부산이라 바다 생선은 좋아하지만, 민물 생선은 그다지 좋아하지 않는다. 아이들은 아빠가 잡았다고 하니 좋아하며 생선의 눈, 비늘, 부레 등 직접 보고 만지면서 신기해했다. 이런 아빠의 낚시 취미는 몇 년 동안 계속되었다. 그런 남편을 바라보고 있는 나는 점점 힘들고 지쳐갔다.

"인제 그만 쉴 때도 되지 않았어?"라고 남편에게 물으면 "왜 못 쉬게 해? 아직 일할 생각이 없다고!"라며 냉정하게 답했다. "그럼 언제까지 이 생활을 할 거야?"라고 물으면 "몰라" 하는 것이었다. 답답하기 짝이 없었다. 집 주변은 논, 밭, 저수지 등의 자연환경으로 둘러싸여 있어 당시 20대였던 나는 너무 답답하고 외로웠다. 젊은 사람 보기도 어려웠고, 내가 좋아하는 커피를 한 잔 마시러 갈 커피숍도, 영화관도, 쇼핑센터도 없는 환경이었다. 아이들이 어려서 아직 부모 손이 많이 가야 하는데, 함께하지 않고 계속 혼자만의 시간을 즐기는 남편이 원망스러웠다. 그렇게 하루하루 나는 점점 지쳐가고 있었다.

옆집에는 아이들의 또래 친구가 살고 있었다. 방학 동안 가족여행으로 제주도에 갔다 왔다며 사진을 보여주고 자랑을 늘어놓았다. 그 이야기를 들으니, 내 상황이 너무 초라했고 남편에 대한 안 좋은 감정이 조금씩 자라나고 있었다.

도저히 끝날 것 같지 않은 남편의 방황으로 남편을 대하는 내 마음과 태도는 조금씩 바뀌어가고 있었다. 아이들 앞에서 다툼이 잦아졌다. 나는 어떻게 해서든 남편이 마음을 다잡고 새로 일자리를 구하기를 원했는데, 그런 내 마음을 모르는 것인지, 알면서도 모르는 척하는 것인지 도통 알수가 없었다. 대화하려고 하면 목소리가 커지며 점점 감정이 격해졌다. 그런 생활이 반복되면서 너무 힘이 들고 무기력해져갔다.

그때는 그 누구도 내 편이 없다고 생각했다. 어른들은 남편이 평생 놀 것도 아닌데 조금만 참고 견디라고만 했다. 아이들도 어리고 경제적으로 몹시 어려운 상황은 아니니까 참고 기다리라고만 했다. 그러나 그것은 어른들의 생각이었고 나는 우리 가족의 미래를 생각하면 아이들이 어릴 때 저축하고 노후를 위해 계획적인 생활을 해야 한다고 생각했다.

내가 할 수 있는 게 별로 없어 병이 날 것 같은 상황이었다. 나를 다스리는 방법을 생각해야 했다. 아이들을 학교와 유치원에 보내놓고 집 뒤에 있는 산으로 갔다. 산은 그렇게 높지 않아 체력이 좋지 않은 나에게 안성 맞춤이었다. 산 정상에 올라 운동기구를 한 번씩 하고 조금 쉬었다가 내려오면 어느 정도 잡념이 사라졌다. 마음이 조금은 편안해지면서 하루를 보낼 수 있는 에너지가 충전되는 것 같았다.

나는 집 근처 산에서 내 힘든 마음과 외로움, 불안, 두려움을 위로받았다. 그때 산이 없었더라면 더 많이 힘들었을지도 모른다. 어떻게 보면 시골에서의 답답함이 지겹기도 했지만, 힘들었던 시기에 산은 내게 친구이면서 마음의 위안을 주는 귀한 선물이기도 했다. 그러면서 조금은 자연에 대한 감사함을 가지게 되었다.

하지만 언제 끝날지 모르는 현실이 답답하고 막막했다. 어둡고 컴컴한 터널 안에 갇혀 있는 느낌이었다. 만약 그 터널 끝이 어디쯤인지, 언제 그 어두운 터널을 벗어날지 대충 알고 있었다면 그렇게 막막하고 힘들지는 않았을 것이다. 나는 이 상황에서 벗어나고 싶었지만, 방법도 몰랐고 그래서 더 답답해 미칠 지경이었다.

어떤 가정이든 배우자의 실직은 두렵고 힘들다. 특히, 외벌이 가정에서의 실직은 가족 전체가 힘들고 두렵다. 배우자가 실직하게 되면 그동안 누리고 살았던 모든 것들이 혼돈에 빠지기 때문이다. 부부 관계도 안 좋아지고 정신적으로도 피폐해진다. 아이들과 함께 가족 전체가 이 힘든 상황을 온전히 경험하게 된다. 이 상황의 끝을 알 수 없으니 더 불안하고 두려움이 몰려든다.

시련은 또 다른 축복이라 했다. 시련은 누구에게나 온다. 크고 작음의 차이가 있을 뿐이다. 그 시련을 딛고 다시 일어설 때까지는 많은 노력이 필요하다. 차분히 마음을 다스리면서 인내하고 견뎌내야 한다. 친구나 주변인들의 응원이 힘이 되기도 하지만, 견뎌내는 힘은 오로지 내 몫이다. '내가 얼마나 강한 의지를 가지고 있는가'에 따라 결정된다. 강한 의지를 갖는 것은 결코 쉬운 일이 아니다. 나를 믿고 인정해주어야 한다. 나를 사랑해야 한다. 쉽지 않겠지만 그럼에도 불구하고 나를 제일 잘 아는 것은 나다.

닥쳐온 시련을 견디고 버텨내야 새로운 기회, 밝은 미래를 맞이할 수 있다.

시련은
인생의 기회다

모든 일에는 끝이 있다고 했다. 남편의 방황의 끝이 보이려고 할 때쯤 우리는 시골에서 벗어나 새로운 도시로 갈 기회가 생겼다. 누구나 꿈꾸는 도시, 대한민국의 수도, 서울이었다.

사실, 나는 어릴 때부터 서울을 동경했었다. 초등학교 방학 때면 이웃집에 서울 아이가 방학을 보내러 왔었다. 그 아이는 크고 동그란 눈에 서울말을 썼다. 그 말투가 나와 다르다고 느꼈고, 호기심을 가지게 되었다. 서울말은 일단 부드럽고 상냥했다. 딴 세계의 사람이 쓰는 말 같았다. 그 아이가 해주는 이야기는 나도 그 세계를 경험해보고 싶다는 욕망을 불러일으켰다.

시골에서 생활하고 있을 때 오빠와 동생은 모두 서울에서 직장을 다니고 있었다. 그래서 아이를 데리고 가끔 체험학습 겸 서울 나들이를 하곤 했다. 버스로 왕복 4시간 넘게 걸리는 거리를 왔다 갔다 하면서 서울에서 살고 싶다는 생각을 많이 했었다. '서울에서 살 수 있다면 얼마나 좋을까?' 이렇게 서울을 동경하는 마음은 커져만 갔다.

그러던 어느 날, 남편이 "서울에서 살아보는 거 어때?"라고 물었다. 나는 너무나 흥분되어 "서울에서?! 서울에서 생활하는 것 말이지? 당연히 좋지!"라고 단숨에 대답했다. 기쁨에 찬 내 대답과 동시에 남편은 먼저 서울로 올라갔다. 나는 아이들 유치원과 학교, 집 문제가 정리되는 대로 뒤따라가기로 했다.

우리는 그렇게 시골 생활에 종지부를 찍고 꿈에 그리던 서울로 가게 되었다. 부푼 꿈을 안고 서울에 진입했다. 한강과 가까운 곳에 집을 얻었다. 걸어서 10분도 채 안 걸려 한강 변 산책도 마음껏 할 수 있었다. 너무나 좋았다.

남편은 친척과 함께 일했다. 아이들 학교도 집과 가까웠다. 꿈에 그리던 서울 생활은 시골 생활의 답답함을 해소해주었다. 백화점도 갈 수 있었고 영화관도 커피숍도 갈 수 있었다. '나의 소망이 이렇게 이루어졌구나' 하고 생각하니 감사하고 행복했다.

그렇게 몇 년을 별다른 탈 없이 잘 살았다. 그런데 왜 계속 만족감, 행복감을 느낄 수 없었을까? 남편 직장은 집에서 10분 거리에 있었다. 남편은 직장과 집은 가까워야 한다는 원칙을 가지고 있는 사람이라는 것을 서울에 살면서 알았다.

시골에서 살 때도 회사 동료들은 조금 멀어도 가까운 도시에 거주지를 마련했다. 그러나 남편은 절대로 도시로 가지 않으려 했다. 그때는 나도 '그럴 수도 있지'라고 생각했다. 그런데 서울로 이사 오면서 그 사실을 확실히 인정하게 되었다. 물론 직장이 가까우면 출퇴근이 용이하다. 출퇴근에 따르는 정신적·육체적 스트레스도 최소한으로 받을 수 있다. 그에 따른 경제적 이익(?)도 무시할 수 없으리라. 그런데 바로 그 점이 불편해지기 시작했다.

남편은 시도 때도 없이 전화로 나를 불러댔다. 남편의 일은 언제 손님이 들이닥칠지 모르는 일이었다. 밥을 먹을 때, 설거지할 때, 청소할 때, 커피를 마시려고 할 때, 좀 쉬려고 할 때를 가리지 않고 남편은 나를 불러댔다. 물론 손님이 많아 매출이 올라가면 그 모든 이익이 우리에게 돌아오니, 좋은 일이라 할 수도 있다. 그런데도 나는 내 자유권을 박탈당하는 느낌을 지울 수 없었다. 체력적으로도 너무나 힘들었다.

처음에는 바쁠 때 함께 도우며 일하는 게 당연하다고 생각했다. 그런데 그런 날이 계속되다 보니 점점 짜증이 나고 화가 치밀어 올랐다. 전화벨이 울리면 어디로 숨고 싶었다. 아르바이트생을 쓰고도 사람이 더 필요해 나에게 도움을 요청한 거겠지만, 나는 점점 지쳐갔다. 남편은 쉬는 날도 거의 없이 일에만 매진했다. 그렇게 열심히 하는데도 집에 가져오는 수입은 많지 않았다.

서로가 서로에게 '왜 나를 이해해주지 않는 것이지?' 하고 생각했다. 우리 사이에는 점점 대화가 없어졌다. 서로를 향하는 눈빛에는 무시와 원망이 가득 담기기 시작했고, 그런 일상이 되풀이되다 보니 더 힘들고 지쳐갔다. 이런 집안 분위기와 부정적 감정은 아이들에게도 그대로 전달되었다. 아빠와 엄마의 사이가 좋지 않다는 것은 아이들에게도 크나큰 불행이었다.

지금 생각하면 그때의 나는 내 힘듦만 곱씹었지, 아이들도 힘들 거라는 생각은 하지 못했던 것 같다. 정말 아이들에게 미안하고 또 미안할 뿐이다. 다시 그때로 돌아간다면 아이들의 힘듦도 알아채고 안아주고 다독여줄 텐데…, 후회가 된다.

딸이 여러 번 이야기한 적이 있다. "서울에서 살 때는 엄마가 항상 인상 쓰고 있었어"라고 말이다. 그때는 몰랐다. 괴롭고 힘든 내 마음이 찌푸린 인상 속에 그대로 드러나 아이들에게 전달되었다는 사실을….

'왜 나를 이해해주지 않지? 나는 이렇게 힘든데 남편은 내게 본인의 요구만 강요한다'라는 생각이 들었다. 그 상황에서 벗어나고 싶었다. '내가 꿈꿨던 생활은 이게 아닌데'라는 생각이 들면서 몸이 점점 아프기 시작했다.

'운동하면 아픈 몸이, 약한 체력이 좀 좋아지지 않을까' 하는 마음에 집 근처 운동센터에 등록했다. 그곳은 30분이라는 짧은 시간 안에 유산소운 동, 근력운동, 스트레칭까지 할 수 있는 여성 전용 운동센터였다. 재미있 고 힘도 들이지 않고 운동할 수 있는, 내게는 최적의 장소였다. 나는 이곳 에서 매일매일 운동하는 게 삶의 낙이 되었다.

나는 뭐든지 한번 시작하면 꾸준히 하는 습관이 있다. 이때는 운동도 꾸준히 하면서 성당도 열심히 다녔다. 성당에서 미사를 드리며 나도 모르 게 눈물이 터져 나오는 경우가 많았다. 누가 보면 아주 큰 슬픔에 빠진 사 람으로 보였을 것이다. 내 마음이 힘들고 괴로우니 성가를 부를 때도 성 서를 볼 때도 집중은커녕 시도 때도 없이 눈물이 터져 나왔다. 그래서 항 시 손수건이나 휴지를 가지고 다니는 버릇이 생겼다. 성당에 다니며 미사 드리거나 하는 신앙생활이 당시의 힘든 마음을 이겨내는 데 많은 도움이 되었다. 여자 형제가 없는 나는 성당의 자매님들과 친분을 쌓으며 위로받 는 게 참 좋았다.

내 신앙생활은 외로움에서 시작되었다고 해도 과언이 아니다. 결혼과 동시에 시골에서 신혼 생활을 시작했다. 그곳은 도시와 달리 사람도 많지 않았다. 주변에서 젊은 사람 보기가 어려웠다. 그런 환경 속에서 아이 둘 낳고 키우며 아이들에게 또래 친구를 만들어주고 싶었다.

우리 아파트는 복도식이었는데, 한번은 복도 중간쯤에서 많은 사람의 말소리가 들려왔다. 반가운 마음에 그쪽으로 가보니, 문이 열려 있고 신발이 한가득 있었다. 어떤 모임이 있는 것 같았다.

나중에 알고 보니 같은 층에 우리 아이들과 같은 또래가 있었다. 너무나 반가웠다. 아이의 엄마와 대화하다 성당에 다니고 있다는 이야기를 듣게 되었다. 그 엄마는 성당에 다니면 집집이 돌아가며 기도도 드리고 모임도 가지며 친분을 쌓을 수 있다고 했다.

그렇게 나는 처음으로 종교를 가지게 되었다. 성당은 아이들이 같은 또래 아이들을 만날 수 있는 만남의 장소였다. 시골이고 갈 곳도 없는 데다 거의 집에서 엄마와 둘이서 생활을 오래 해온 큰아이는 낯을 많이 가렸다. 때마침 성당에서 어린이집을 개원했다. 나는 기다렸다는 듯 큰아이를 그곳에 보내게 되었다. 처음에는 적응하기 힘들어하다 아이는 차츰차츰 적응하며 잘 다니게 되었다.

이렇게 시골에서 살며 다니게 된 성당을 서울에 와서도 다닐 수 있어 참 좋았다. 한 번씩 단체로 지방에 피정(避靜)을 가거나 하면 여행하는 기분도 들었다. 내 신앙심이 한층 더 깊어지는 것 같고 마음도 정화되는 것 같았다. 나에게 신앙은 힘든 마음에 평안을 가져다준 구세주였던 셈이다.

시련을 통해 또 다른 새로운 문이 열린다는 것을 알아야 한다. 신은 극복할 수 있는 시련만 주신다고 했다. 그 시련은 신의 시험인 것이다. 시험을 치르는 과정은 내려놓고 포기하고 싶을 정도로 고통스럽고 힘들지만,

모두가 나의 성장을 위한 것이다. 힘든 만큼 더 큰 성장과 발전을 이룰 수 있게 된다. 또한, 시험을 통과하면 우리 앞에는 또 다른 새로운 문이 기다리고 있다.

힘들어도 포기하지 말고 쓰러지지 말아야 한다. 쓰러졌다가도 다시 일어나야 한다. 일어나 다시 꿈꾸어야 한다. 큰 꿈을 가지고 앞으로 나아가야 한다.

시련의 순간에 행동하는 것이
가장 큰 성공이다

서울에서 여유로운 생활을 누리는 것은 쉽지 않았다. 아이들의 학년이 점점 올라가면서 들어가는 돈도 많아졌다. 특히, 중고등학생이 되어 학원에 다니거나 실력 있는 선생님에게 과외를 받으려면 만만찮은 돈이 든다. 한정된 남편의 수입으로 우리 네 식구가 먹고사는 것은 버거운 일이었다. 문화 혜택을 누리며 자유롭고 편하게 사는 것은 더 무리가 따르는 일이었다.

외벌이 남편 수입에 한계를 느낀 나는 아이들 학원비라도 벌어야겠다는 생각에 일거리를 찾아 나섰다. 나는 체력이 약해서 강한 체력을 요구하는 긴 시간의 일은 힘에 부칠 것이라 판단해 단기 아르바이트를 찾았다.

길을 가던 중에 벽에 붙어 있는 전단을 보게 되었다. 2010년 인구 총 주택조사의 조사원을 모집한다는 내용이었다. 호기심이 생겼고, 해보고 싶다는 생각이 들었다. 짧은 기간 동안 하는 아르바이트라 시간상 가능하리라 생각했다.

처음 해보는 그 일은 내 흥미를 끌었다. 내가 우리나라 인구조사에 한 몫한다는 생각에 책임감과 뿌듯함, 기대감, 설렘도 느꼈다. 내가 맡은 조사 대상은 이화여대 근처 주택에 사는 거주자들이었다. 일일이 걸어 다니며 조사해야 해서, 평소 많이 걷지 않던 나는 첫날임에도 다리가 너무 아팠다. 둘째, 셋째 날이 되니 온몸이 아프고 몸살 기운까지 겹쳐 녹초가 되었다.

배당받은 조사량은 있는데 몸이 안 따라 주니 큰일이다 싶었다. 하지만 기한 안에 조사를 끝내야 한다는 압박감이 더 컸다. 참고 끝까지 해내야 한다는 생각이 더 앞섰다. 달리는 내 체력에 답답함을 느끼면서도 나는 온몸에 파스 칠을 하며 내 임무를 다해내려고 애썼다.

대학 근처다 보니 지방에서 올라온 학생들, 외국에서 유학 온 학생들이 많이 살고 있었다. 낮에는 집에 사람이 없는 경우도 많았다. 나는 학교나 직장에서 돌아오는 오후 시간에 피조사자를 방문하기로 전략을 바꿨다. 인구조사 방법에는 2가지가 있었다. 인터넷 설문지에 가구주가 직접 체크하는 방법, 조사원이 가가호호 방문해 설문조사 하는 방법이다.

조사하다 보니 1인 가구가 생각보다 많았다. 응답 문항에는 1인 가구 사유, 혼자 산 기간, 사용하는 방의 수(방 개수, 거실 개수, 식사용 방의 개수 등등)

를 묻는 문구가 있었다. 이렇게 다소 개인적인 질문에 사람들은 민감하게 반응했다. '왜 이렇게 꼬치꼬치 캐묻느냐?'라는, 다소 불쾌한 심사를 드러내는 사람들로 인해 나는 당황하기도 했다. 무심코 별생각 없이 하는 말이나 행동이 어떤 사람들에게는 불쾌감을 줄 수도 있다는 생각을 해보지 않았기 때문이었다.

처음부터 조사에 응하지 않으려고 하는 사람들도 있었다. 늦은 오후에 가도 사람이 없을 때는 아예 밤늦게 재방문하는 방법을 택했다. 남편한테 도움을 요청해 함께 조사에 나서기도 했다. 끝까지 일을 마무리하는 데 3주 정도의 시간이 소요되었다. 뿌듯하고 기분이 좋았다. 내가 조사를 담당했던 지역 근처를 지나갈 때면 그때의 아르바이트가 생각나곤 한다. 내게는 한 편의 추억이 된 듯싶다.

내가 한 아르바이트 중 가장 쉬우면서 돈도 많이 받았던 일은 '마을 만들기'라는 프로젝트였다. 각 마을 자산(무형, 유형)을 조사하는 일이었는데, 정해진 동네에 가서 마을 자산을 조사하고 보고서를 작성하면 되었다. 대학교 교수님들과 함께하는 작업이었고, 대체로 일이 쉬웠다. 동네 주민센터의 주무관님이 마을 자산을 잘 파악하고 있는 데다, 자료도 잘 챙겨주셔서 편하고 쉽게 일할 수 있었다. 고마운 마음이 컸다.

같은 해 소규모 출판사 독자 사업부 직원의 육아휴직으로 생긴 공백을 메우는 아르바이트 자리를 구하게 되었다. 백수로 집에만 있다가 꼬박꼬박 오전 9시에 출근하고 6시에 퇴근하는 것은 쉬운 일이 아니었다. 나는 새로운 일을 시작한다는 설렘을 안고 잘해내겠다고 마음먹으며 업무에 임했다.

내 담당 업무는 출판사 독자들을 전화나 홈페이지로 관리하는 일이었다. 작은 출판사라 직원들끼리 가족같이 지냈다. 점심은 직접 밥을 해서 오순도순 나눠 먹었다. '먹는 것에서 정 난다'라는 말이 있듯 우리는 같이 밥을 해 먹으면서 정을 쌓아갔다.

직장 생활을 안 해봤던 나는 가족 같은 직장 분위기가 좋았다. 내게는 새로운 경험이었다. 출판사는 현장 노동자들의 이야기를 모아 월간지를 발간하는 일을 했다. 주 고객층은 자연히 노동자들이었다. TV나 신문에서나 보던 노동자들의 이야기가 조금은 낯설고 생경했다. 두 달 반이라는 짧은 시간 동안 근무하면서 나는 많은 생각을 하게 되었다.

나는 우물 안 개구리처럼 너무 좁은 세상 안에서 가족들만 생각하고 살았음을 반성하게 되었다. 현장 노동자들의 안타깝고 가슴 아픈 생생한 이야기들에 같이 아파하고 함께하며 연대감을 느끼기도 했다. 그러면서 사회를 보는 눈이 생겼고, 내가 그동안 얼마나 편하게 살아왔는지 깨달았다.

한번은 지인이 나보고 신용카드를 하나 만들어달라고 부탁해왔다. 별 생각 없이 만들어주었더니, 나보고 카드 권유하는 일을 해보면 어떻겠냐고 했다. 자신을 따라가서 어떻게 하는지 한번 체험해보라면서. 나는 그 일이 그리 어렵지 않을 것이라 생각했다. 그래서 '다른 사람들도 나처럼 쉽게 만들어주겠지' 하며 제안을 받아들이기로 했다.

그런데 막상 카드 일을 하겠다고 말하고 나자 내가 너무 쉽게 생각하고 결정한 것 같은 느낌이 들었다. 남 돈 벌기가 쉽지 않으리라는 후회가 든 것이다. 이 일에는 한 달에 꼭 채워야 하는 목표치가 있었다. 카드 일을 하기로 한 후 어떻게 목표치를 달성할지 걱정되면서 불안감이 몰려왔다. 괜히 시작한 것은 아닌지, 어떻게 목표치를 채워야 할지 고민되었다. 한 번도 안 해본 상태에서 영업을 하려니 막막했다.

고민 끝에 지인을 활용하는 방법이 제일 쉬우리라 판단했다. 그나마 지인들에게는 쉽게 해달라고 할 수 있었다. 물론 지인들 쪽에서는 귀찮고 해주기 싫을 수도 있었으리라. 하지만 처음으로 부탁하는 거라 그런지 대부분 고맙게도 카드를 만들어주었다. 하지만 그다음이 문제였다. 나에게는 매달 할당된 목표치를 채워야 하는 과제가 남아 있었다.

아르바이트를 시작하고부터는 집 안 정리가 안 되기 시작했다. 몸이 피곤하니 가족들 식사도 예전처럼 신경 쓸 수 없었다. 청소든 집 안 살림이든 대충대충 하게 되었다.

그러던 어느 날, 아들이 "엄마가 돈 버는 것도 좋지만, 엄마가 집에 있었으면 더 좋겠어요. 학교에서 돌아와도 엄마가 없고 우리끼리 끼니 챙겨 먹고 하려니 좀 그래요. 예전처럼 엄마가 집에 있어주셨으면 좋겠어요. 엄마, 돈 안 벌어도 좋으니까 집에 있어주세요!" 하는 것이었다.

그 말을 듣고 생각이 많아졌다. 아들에게 "엄마가 돈 벌면 학원도 하나 더 다닐 수 있고, 지금보다 좀 더 풍족하게 생활할 수 있는데 포기할 수 있겠어?"라고 물었더니, 아들은 "네, 그냥 집에 있어주세요" 하는 것이었다. 마침 나도 '힘도 들고 그만해야 하나' 고민하던 참이었다. 그렇게 나는 다시 집에 있겠다고 결정했다. 비록 짧은 기간의 영업이었지만 사람들이 어떻게 돈을 버는지, 그 세계를 조금 알게 된 것 같았다. 나름 재미있는 데다 돈도 벌고 하니 좋았었다.

사실 돈벌이는 쉬운 게 아니다. 남편 혼자 외벌이로 네 식구를 서울에서 부양한다는 것은 더욱 쉽지 않은 일이었다. 외벌이 남편의 가족 부양책임을 조금 나누려고 시작한 아르바이트였다. 다양한 아르바이트를 하며 힘도 들었지만, 즐겁기도 했고 돈의 귀중함도 알게 되었다. 하지만 일을 그만두면 맞벌이 때보다 또 경제적으로 쪼들리리라 생각하니 어떻게 해야 할지 고민되었다. 일을 안 하니 몸은 편해졌지만, 마음은 무거웠다.

시련은 나를
성장하게 한다

20대 초반이었던 어느 날, 친구가 운전면허증을 땄다고 자랑했다. 당시 그 친구를 굉장히 부러워했다. 나도 운전면허증을 따야겠다는 동기 부여가 되었다. 곧바로 학원에 등록해 필기와 실기 시험을 치고 생각보다 빨리 운전면허증을 딸 수 있었다. 그 당시에는 거의 수동으로 운전하는 차들이 대부분이었다. 엄마는 그 당시 가까운 시장이든 장거리든 어디든지 거침없이 운전해서 가셨다. 나는 그런 엄마가 참 멋있다고 생각했다. 멋지고 당당한 모습이 보기 좋았다. 엄마는 지금 70대 중반의 연세라 안전을 위해 운전하지 않으신다.

객지에 살다가 부모님이 계신 고향으로 왔을 때 부모님이 연세가 많이 드셨다는 것이 생생히 느껴져 새삼 놀랐다. 특히, 아버지가 나이 드셨다는 게 느껴졌다. 고향을 떠나 있을 때는 어쩌다가 한 번씩 안부 전화만 드렸을 뿐이고, 명절 때도 급히 내려와 급히 올라가기 바빴다. 그런데 부모님

근처에 살고 자주 보다 보니 연세가 많이 드셨다는 게 느껴져서 마음이 아팠다. 우리 부모님은 항상 그대로일 줄 알았다.

아버지는 허리 협착증으로 고생을 많이 하고 계신다. 자세도 꾸부정하고 아주 많이 마르셨다. 일상생활조차도 힘들어하셨다. 내가 아는 우리 아버지는 샤프하면서 핸섬한 얼굴에 꼿꼿하신 모습이었는데, 지금의 아버지는 노인의 모습이다. 참 마음이 많이 아프고 안쓰럽다. 부모님을 보면서 나이 들어가는 것에 대해 많은 생각을 하게 된다. 나의 노년과 우리 부부의 노후를 어떻게 행복하게 보내야 할지에 대해 고민하게 된다.

연세 드신 부모님에게 다정하고 따뜻하게 대해야 한다고 생각은 하지만, 그렇게 하지 못하고 있다. 나는 부모님에게 다정다감한 딸이 아니다. 어릴 때는 말이 없고 조용하면서 착한 딸로 성장했다. 우리는 할머니와 함께 여섯 식구가 살았다. 아버지 다음으로 오빠와 남동생이 집의 중심축이었던 것 같다. 특히 엄마는 오빠와 남동생을 예뻐했다. 나는 싫다, 좋다 별말이 없었으니까 나라는 존재에 대해서는 신경을 안 쓰는 것 같았다.

우리 삼 형제는 다 같은 초등학교에 다녔다. 엄마는 오빠와 남동생의 선생님에게 많은 신경을 썼던 것으로 기억한다. 나한테는 오빠, 남동생보다는 관심이 덜했던 것 같았다. 그 당시 국민학교(지금은 초등학교로 바뀌었다)에는 보이스카우트, 걸스카우트가 있었다(지금은 잼버리로 이름이 바뀌었다). 오빠와 남동생은 둘 다 보이스카우트를 했다. 나도 걸스카우트를 하고 싶었는데 하지 못했다. 그때 만약 내가 걸스카우트를 하고 싶다고 이야기하거나 울고 떼를 썼으면 어땠을까 싶다. 그런데 나한테는 그런 용기도 에너지도 없었다. 말해도 소용없다고 생각하고 마음에만 품고 있었다.

딸이지만, 나는 엄마하고 친밀감이 별로 없이 성장했다. 어린 시절의 상처 때문이었는지 할머니와는 친해서 오히려 따뜻한 감정을 느낄 수 있었는데 엄마한테서는 그런 감정을 별로 못 느끼고 성장했던 것 같다. 엄마의 사랑을 제대로 못 받은 나는 어른이 되어서도 엄마와 서먹한 관계를 유지하며 전화도 잘 안 하는 그런 딸이었다. 어릴 때 응석 부리고 울고 떼쓰고 아이 때만 가능한 것들을 해본 적이 없었다.

그냥 말없이 조용하게만 지냈던 것 같다. 나는 어릴 때부터 몸이 약했고 자주 아팠다. 아프면 엄마가 내게 와서 보살펴주고 신경을 써주었기에 나의 무의식이 아픈 아이의 상태를 유지하려고 했었는지도 모르겠다. 그렇게 나는 스스로 유약한 아이로 성장하기를 바랐나 싶다. 그런 내가 참 안쓰럽고 안됐다.

나는 결혼하고 엄마가 되어 내 아이를 키우면서 엄마 생각을 많이 했다. 나는 아들이건 딸이건 모두 다 내 자식이라서 누구 하나만 예뻐한다는 게 쉬운 일은 아니라고 생각했다. 만약 한 아이만 예뻐하면 다른 아이는 얼마나 마음에 상처를 입을까 싶어 가능하면 평등하게 키우려고 애를 많이 썼다. 아이들에게도 종종 엄마가 너희를 차별한다고 생각되는지 물어본다. 아이들은 엄마는 차별하지 않는다고 대답했다. 그 대답을 들으면 안심이 되면서 내 아이들은 차별 없이 키워야겠다고 다시 한번 더 다짐하게 된다.

엄마는 외할머니가 차별하셨다고 했다. 남자 혼자였던 외삼촌을 너무나 예뻐하고 좋아하셔서 이모들을 포함해 엄마 또한 상처받았다고 했다. 그런 엄마가 우리 형제들을 차별한다는 게 나는 좀 이해가 되지 않았다.

아이들이 초등학교에 다닐 무렵 지인들과 부모교육 수업에 열심히 다닌 적이 있다. 그 수업에서는 어린 시절 부모에게 상처받은 것들에 대해 부모님께 이야기해보라는 숙제가 있었다. 나는 엄마한테 전화해서 물어보기가 참 망설여지고 겁이 났다. 용기가 필요했다. 한참을 고민하다가 엄마한테 전화하려고 수화기를 들었다.

처음에는 차분하게 말을 시작했다. 그런데 점점 감정이 북받쳐 오르면서 나도 모르게 눈물이 나왔다. "엄마는 왜 나를 오빠와 동생처럼 똑같이 대해주지 않고 차별했어요? 그게 가슴에 상처가 되어 너무너무 힘들어요"라고 울면서 말했다. 나는 엄마에게서 '미안하다'라는 대답을 듣길 원했다. 그런데 엄마는 손님이 와서 손님을 치르고 있다가 내 전화를 받고 황당하고 당황스러워하셨다. 한 번도 이야기한 적이 없었으니까 엄마로서는 얼마나 당황스러웠을지 엄마의 심정을 이해할 수는 있었다. 그렇게 전화하고 며칠 있다가 엄마한테서 전화가 왔다.

그런데 엄마는 나를 야단치셨다. "손님이 오셔서 손님 접대하고 있는데 갑자기 왜 그런 말을 했니? 엄마는 너희들 차별한 적이 없다! 너희들 다 똑같이 키웠다"라고 당당하게 말씀하셨다. 내가 생각했던 것과는 완전히 다른 답을 하셨다. 상처받은 내가 잘못이라는 거다. 다시 한번 더 상처받았다. 많이 울었다. 그 모습을 딸이 지켜보고 있었다. 딸은 엄마가 왜 그렇게 대성통곡을 하면서 우는지 궁금해했다. 외할머니와 있었던 일을 딸한테 이야기하면서 또 울었다. 딸은 나를 다독여주고 안아주었다. 그런 딸이 고마워서 또 울었다. 못난 엄마의 모습을 보여 미안해서 또 눈물이 나왔다.

그렇게 엄마와의 사이는 좁혀지지 않았다. 나는 엄마에게 조금 실망하기도 했지만, 그래도 일차적으로 나의 속마음을 표현했다는 것에 답답했던 마음이 조금 시원해졌다.

가족은 제일 가까운 관계고 모든 것을 다 안다고 생각할 수도 있다. 그런데 아무리 가까운 가족이라도 말하지 않고 표현하지 않으면 잘 모른다. 어릴 때 받은 차별, 상처들을 그때그때 말하고 표현했으면 어른이 될 때까지 담아두지는 않았을 것이다. 그러나 우리 집의 환경은 어린 내 입장에서 말을 해도 소용없다고 느꼈다. 말하기가 겁이 나고 무서웠다. 그래서 입을 닫았기 때문에 가슴에 상처가 생겼고, 그렇게 상처를 평생 껴안고 살았다.

나는 어릴 때 엄마하고 대화도 별로 하지 않고 컸다. 엄마도 원래 말이 많으신 분은 아니다. 학교에 갔다 와도 엄마는 내가 학교에서 무슨 일이 있었는지, 재미있었는지 한 번도 물은 적이 없었다. 궁금해하지 않으셨다. 그래도 나는 학교에 갔다 오면 집에 엄마가 없으면 엄마부터 찾았다. 어디에 있는지 궁금해지고 보고 싶었기 때문이다. 항상 엄마의 사랑이 그리웠다.

나의 상처받은 내면 아이는 엄마의 사랑을 갈망하면서 조용히 있었다. 어른들이 큰소리를 내면 나의 내면 아이는 두려움에 떨며 더 작아졌다. 아버지가 한 번씩 술을 드시고 오셔서 엄마와 큰 소리로 싸우곤 하셨다. 그런 모습이 나에게는 익숙하면서도 부모님의 싸움이 도무지 이해되지 않았다. 부모님이 싸우고 나면 집안의 공기는 굉장히 무거워졌다. 부모님의 눈치를 봐야 했고 그런 나의 내면 아이는 더 작아져 있었다.

이런 상처와 트라우마로 인해 나는 불안감을 가지게 되었고 눈치 보는 아이로 자라게 되었다. 어른이 되어서도 그런 상태가 계속되었다. 나의 이런 불안감이 아이들을 양육하면서 문제가 된다는 것을 인식하게 되었다. 그래서 심리상담 센터를 찾아 상담을 받았다. 내 안의 불안감과 공포감, 상처와 풀지 못한 문제들로 인해 화가 많다는 것을 나중에 알게 되었다. 이 문제들이 하루아침에 만들어진 게 아니었기에 많은 시간과 노력이 필요하다는 것도 알게 되었다.

지금 알고 있는 것을
그때도 알았더라면

아이들이 초등학교와 유치원에 다니면서 예전보다는 여유가 생겼다. 그래서 도서관이나 성당에서 하는 문화강좌에 등록하고 내가 하고 싶은 것들을 배울 수 있었다. 한번은 부모교육 시간에 아이들과의 대화법에 대한 강좌를 들은 적이 있다. 아이들에게 이야기할 때 부드럽게 대화하고 싶었으나 생각만큼 잘되지 않았다. 특히 몸이 피곤하고 힘들면 잘 안되었다. 그 이유가 무엇 때문인지 그때는 몰랐다.

강의에서 강사는 '나 전달법(I-Message)'으로 대화해야 한다고 했다. 아이의 자존감을 높이기 위한 대화법이라 했다. 처음 들어본 내용이고 굉장히 생소했다. 예를 들면, 아이들과 대화할 때 "네가 빨리 준비 안 해서 늦었잖아"가 아닌 "제시간에 준비하지 않은 네가 늦을까 봐 걱정되었어"라고 말하는 것이다. 아이의 문제 되는 행동에 대해 '잘못했다', '나쁘다'로 표현하는 것이 아니다. 즉, 대화의 중심을 상대를 평가하는 게 아닌, '나

전달법'으로 나의 마음, 생각, 감정을 구체적이면서 솔직하게 표현하는 것이다. 그러면 아이의 말이나 행동을 비난하는 것이 아니라 내 생각과 마음, 감정을 아이에게 솔직하게 전달할 수 있게 되는 것이다. 아이와 좋은 관계를 유지할 수 있는 대화법이라 했다.

처음 들었을 때 이론적으로는 굉장히 참신하다고 생각했다. 하지만 막상 강사 앞에서 처음 해보려 하니 잘 안되었다. 너무 어려웠다. 집에 와서도 해보려 하니 잘 안되었다. 안되는 내가 참 문제가 있다고 생각은 했지만, 그냥 덮어두게 되었다.

아이들이 커가면서 나는 내가 문제가 많다고 느꼈다. 마음은 다정하게 하고 싶은데 특히 큰아이에게는 그게 잘 안되었다. 아이를 바르고 강하게 키우고 싶은 마음에 아이가 약한 모습을 보이거나 잘못된 행동을 하면 크게 야단을 쳤다. 특히 큰아이가 작은아이를 괴롭히거나 혹은 조금이라도 그런 느낌이 들면 큰아이를 많이 혼냈다. 지금도 그 점에 대해서는 마음 아프고 미안하게 생각한다.

나는 자랄 때 연년생인 오빠하고 다툼이 많았다. 나를 괴롭히거나 부당하다고 느껴지는 것에 대해서는 굴하지 않고 오빠랑 싸웠다. 그렇게 오빠에 대한 안 좋은 감정이 고스란히 남아 있어서 그런지 큰아이에게 감정이 전이되었나 싶다. 강하게 훈육해야 강하게 큰다고 생각했다. 큰 착각이었다. 그래서인지 아이는 낯도 많이 가리고 소극적인 모습을 보이곤 했다. 그러면 나는 또 마음 한편이 무너지면서 걱정과 불안감이 올라왔다. 그런 내 모습을 보는 아이는 또 힘들었을 것이다. 다람쥐 쳇바퀴처럼 힘든 상황이 꼬리에 꼬리를 물고 반복되는 느낌이었다.

아이들을 잘 키우고 싶은 마음은 컸다. 사랑하는 마음이 아이에게 고스란히 전달되면 좋을 텐데, 잘 안되었다. 엄마인 내가 많이 부족하다고 느꼈다. '어떻게 하면 아이들을 잘 키울 수 있을까?' 고민을 많이 했다. 나의 결핍된 부분들이 우리 아이들에게는 생기지 않게 하려고 신경을 많이 썼다. 신경을 쓰고 고민은 했지만, 순간순간 돌발 상황들이 발생하면 나는 아이를 야단치기에 바빴다. 그러고 나서는 또 너무나 미안한 마음에 자책하고 또 자책했다.

지인 중에 나보다 나이가 많지만, 결혼을 늦게 해서 어린아이들을 키우는 K언니가 있었다. 그 K언니는 아이들이 잘못된 행동을 해도 화도 안 내고 야단도 크게 안 치고 그냥 넘어간다고 했다. 아이니까 그럴 수 있다고 생각한다고 했다. 그럴 수 있는 게 왜 나는 용납이 안 될까? 나는 K언니의 그런 육아 방식이 이해가 안 되면서 한 편으로는 '여유 넘치는 언니의 방식을 배워야 하나?'라는 생각을 했다.

사실 육아를 하면서 궁금한 것들이 많았다. 하지만 물어볼 곳이 없었다. 아이한테 어디까지 허용 가능한 선을 만들어주어야 할지 어리고 미숙한 나는 알지 못했다. 그래서 마음 한편에 항상 불안감을 가지고 살았다. 지금 만약 다시 아이를 키운다면 좀 더 여유 있고 너그럽게 키울 것 같다.

아이들을 24시간 육아하면서 아빠의 자리는 없었다. 지금도 아이들은 아빠가 별로 자신들한테 관심을 안 가졌다고 이야기한다. 남편은 아이들이 어릴 때 회사 일로 바빠 아이들에게 무심했다. 남편은 당시 아침에 일찍 출근하고 밤에 늦게 퇴근해 집에서는 잠만 자는 하숙생과 다름없었다. 아이들과 보내는 시간이 별로 없었고 집에서는 아무에게도 방해받지 않고 쉬려고 했다. 힘든 회사 생활의 고단함을 잠을 자거나 TV를 보면서 풀었다.

모든 아빠가 회사 일로 바쁘고 힘들다고 육아에 뒷전이지는 않다. 그런데 남편은 아이들에게도 나에게도 별로 관심이 없는 듯했다. 그래서 서운한 마음이 들었다. '결혼은 뭐 나 혼자 한 것인가?', '아이도 뭐 나 혼자 낳은 것인가?'라는 생각이 많이 들었다. '어쩜 저리도 무심할까?' 싶었다.

지금 생각해보면 남편의 힘든 회사 생활이 조금은 이해가 되기도 한다. 처자식 먹여 살리려고 고군분투한 남편이 짠하기도 하다. 서로 좀 더 이해하고 아껴주었더라면 더 행복하지 않았을까 하는 생각을 한다.

지금 우리 부부는 남들이 우스갯소리로 하는 3대가 덕을 쌓아야지 가능한 주말부부를 하고 있다. 서울에서 12년을 살았고 하던 일을 그만두게 되었다. 남편은 쉬면서 일자리를 알아봤지만 잘 안되었다. 나이도 있고 해서 반겨주는 곳이 없었다. 그래서 우리는 고향으로 가려고 집을 알아보고 다녔다. 집을 구하고 고향으로 가려고 할 때쯤 남편은 서울에서 직장을 구할 수 있었다. 그렇게 생각지도 못한 이별을 하게 되었다. 남편은 서울에 남게 되었고 딸과 나는 고향인 부산으로 가게 되었다. 아들은 일본에서 공부하고 있어 가족이 뿔뿔이 흩어지게 되었다.

주말부부를 하면서 남편과의 사이가 전보다 많이 좋아졌다. 객지에서 외롭게 생활하는 남편이 짠해서 집에 오는 날이면 좋아하는 반찬에 신경을 많이 썼다. 서로에게 애틋함을 느꼈다. 딸도 엄마, 아빠 사이가 전보다 많이 좋아졌다고 좋아했다. 그래서 부부는 한 번씩 떨어져 있어야 한다고 생각한다. 마냥 같이 있으면 아무래도 편하다 보니 각자의 허물이 보인다. 그러면서 서로의 단점을 말하고 지적하다 보면 안 좋은 감정이 들게 된다. 물론 같이 있어도 사이좋은 부부도 있겠지만 말이다.

주말부부를 하면서 남편은 같이 있을 때 자신이 못 해준 것들이 많이 생각난다고 했다. 굉장히 미안해하고 반성을 많이 했다고 말한다. 그 말을 들으니 웃음이 났다. 이 남자가 철이 들었나 싶기도 하고 짠한 마음이 들었다. 가족은 떨어져 있을 때는 그리워하다가도 같이 있으면 편해지면서 소중함을 덜 느낀다. 한 번씩 멀리 출장을 가거나 여행을 갔다 오면 내가 누리고 있는 것들에 대해 소중함과 감사함을 느끼곤 한다.

아들이 다니던 대학을 휴학하고 처음 해외에 나가게 되면서 가족과 떨어지는 생활을 경험하게 되었다. 같이 있을 때는 티격태격 동생과 다투기도 하고 가족에 대해 별 미련이 없어 보였는데, 몇 년을 가족과 떨어진 생활을 한 아들은 가족과 함께했던 때를 많이 그리워하고 있었다. 부모님께 잘못한 것들이 많이 생각나면서 그때는 왜 그랬는지 모르겠다고 했다. 그러면서 부모님께 감사하고 존경한다고까지 했다.

철든 아들의 고백에 마음이 뭉클해지면서 나 또한 아들과 떨어져 지내면서 잘해주지 못한 것들이 떠올라 미안했다. 혼자서 객지에 나가 독립적인 생활을 하는 아들이 대견하기도 하고 마음이 아팠다. 아들은 곰살맞은 성격으로 어디든 적응을 잘하는 편이다. 학비는 보내주지만, 나머지 월세, 각종 공과금, 보험료 등은 아들이 직접 아르바이트를 해서 내고 있다. 고생하는 아들이 안쓰러워 조금이라도 힘이 되어주고 싶은 마음이 있었지만 아들은 성인이 되었으니 부모님에게 손을 벌리고 싶지 않다고 했다. 아들의 강경한 마음에 어떻게 그런 생각을 하게 되었는지 고맙기도 하고 대견하기도 했다.

F.M 밀러는 "아무도 사랑하는 것을 가르쳐주는 사람은 없다. 사랑이란 우리의 생명과 같이 날 때부터 가지고 태어나는 것이다"라고 했다. 부모는 자식이 잉태되면서부터 사랑이 시작된다. 그 사랑은 생명이 끝날 때까지도 계속된다. 사랑하는 자식에게는 무엇이든 다 해주고 싶은 게 부모 마음일 것이다. 그런 마음이 과해서 자식과의 사이가 틀어지는 경우도 있지만, 사랑하는 마음만은 변함이 없다. 그런 부모의 사랑을 자식들은 다 몰라주는 것 같다. 영원한 짝사랑이 되고 마는 것이다.

시련은 나에게 주는
선물이다

지난 8개월 동안 나는 몸이 아주 좋지 않았고 지금도 건강한 상태는 아니다. 코로나가 한창일 때 외출을 못 하는 상태라 주로 집에서 넷플릭스를 보며 시간을 보냈다. 넷플릭스에서 나오는 세계 각 나라의 영화를 보고 있노라면 방구석에서 전 세계를 여행하는 기분과 느낌이 든다. 각 나라 사람들의 의식주, 생활환경, 자연환경, 사고방식 등등 여러 가지를 다 볼 수 있어서 너무 매력적이라고 생각한다.

예전에는 주로 로맨스 장르를 보았지만, 범죄물, 형사물의 장르도 재미있다. 처음에는 피가 낭자한 사건 현장이 너무 잔인하다고 생각되어 두 눈 뜨고 똑바로 볼 수 없어 한 손으로 눈을 가리고 실눈으로 살짝 보곤 했다. 그런데도 스토리가 너무 재미있고 호기심과 궁금증을 불러일으켰기에 안 볼 수가 없었다. 특히 북유럽 쪽의 범죄물들은 정말 잔인하다고 생각했다. 우리가 흔히 아는 북유럽의 이미지와 영화에서의 북유럽에는 많은 차이가 있었다. 이러한 점들도 굉장히 낯설지만 신선하고 현실감이 느껴졌다.

또 TV를 통해 보는 드라마는 심의가 걸려 있어 표현이 다소 부드럽거나 절제된 느낌이라면 넷플릭스의 영화들은 굉장히 사실적이면서 현실보다 더한 현장감이 느껴졌다. 또한 시리즈로 된 영화들이 많아 연결해서 계속 봤다. 그렇게 넷플릭스에 한번 빠지게 되면 좀처럼 빠져나오기가 쉽지 않다. 새로운 영화들이 매일, 매주 쉴 새 없이 올라오기 때문이다.

영화는 나라별로 특색이 있으면서 굉장한 즐거움을 준다. 우리는 영화관에서 미국 영화들은 자주 접할 수 있지만, 그 외의 나라는 접하기가 쉽지 않다. 하지만 넷플릭스를 통해서 세계 여러 나라의 영화를 접할 기회가 있어 좋은 것 같다. 나는 북유럽을 포함해 영국, 남미, 튀르키예, 스페인, 대만 영화가 재미있었던 것 같다. 영화를 볼 때는 몰입이 되면서 갈증이 난다. 그래서 탄산수를 많이 먹게 되었다. 하나씩 사다 먹으니 감질나서 상자째 사놓고 먹곤 했다. 레몬도 그중 하나다. 얼음물에 레몬즙을 넣어 먹으면 청량하면서 시원하고 상큼한 맛이 영화를 볼 때 느끼는 갈증을 해소시켜준다. 그래서 마트에 가거나 시장에 가면 꼭 레몬을 사 와서 먹곤 했다.

그런데 이러한 습관들이 나의 건강을 해칠 줄은 정말 꿈에도 몰랐다. 평소에 커피를 자주 마시는 나는 위가 살짝 쓰린 느낌이 늘 있었지만, 위낙 커피를 좋아하다 보니 무시하고 하루에 2~3잔은 기본으로 마셨다. 그런데 어느 날 커피를 마시고 집안일을 하고 나니 허리가 뻐근해서 통증 풀어주는 진통소염제를 먹었다. 그런데 먹자마자 속이 새까맣게 타들어 가는 듯한 느낌을 받았다. 마치 위가 다 타서 잿더미가 되는 느낌이었다. 119라도 부르고 싶은 심정이었는데 너무 유난 떠는 것 같아서 참고 견뎠다. 밤새도록 끙끙 앓으면서 잠을 잘 수가 없었다.

다음 날, 병원에 가서 진찰받고 약을 지어와 먹었더니 조금 괜찮아졌다. 며칠 지나니 서서히 괜찮아지는 듯했다. 그렇게 또 예전과 같이 일상생활을 했지만 조금씩 뭔가가 잘못되어간다는 느낌이 들었다. 작년 겨울쯤에는 허리에 담이 걸려서 고생했다. 담은 한번 걸리면 일주일 정도는 꼼짝할 수 없고, 풀리는 데도 일주일이 넘게 걸린다. 나는 담도 잘 걸리는 체질인 것 같았다. 평소에 혈액순환이 잘 안되고 추위를 잘 느끼는 냉한 체질이라서 그런 것 같기도 했다.

한번은 지인들과 칼국수를 먹는데 칼칼한 맛을 내기 위해 매운 고추가 들어가 있었다. 건더기 위주로 조금 먹고 말았는데, 그게 그만 위를 아프게 했다. 속도 아픈데 그날 또 허리에 담까지 걸려서 너무 힘들었다. 무슨 담이 시도 때도 없이 걸리는지 알 수가 없었다. 한의원에 가서 침을 맞고 약을 지어와 먹으며 일주일 넘게 고생했다.

이런 나의 몸 상태는 점점 안 좋아져갔다. 음식을 먹으면 소화를 못 시키는 상태가 되었다. 병원에서 위내시경을 받았다. 위염, 위축성위염, 식도염이라고 했다. 한 달 치 약을 받아왔다. 그런데 약을 먹어도 낫는다는 느낌이 없고 그대로인 것 같아 약을 바꿨다. 하지만 바꿔온 약을 먹어도 예전처럼 아무거나 먹을 수 있는 위의 상태로 되돌아가지는 않았다. 차도가 별로 없었다. 가능하면 위에 부담이 되지 않는 식사법을 생각했다. 당분간 죽을 먹는 수밖에 없었다. 매운 것, 밀가루 음식은 피하고 자극적이지 않은 식사를 해야 했다.

위에 좋다는 영양제를 인터넷에서 구입해서 먹기도 했지만 별로 차도가 없었다. 모 연예인이 위에 좋은 영양제라며 먹는 것을 봤다. 약이 방송에 나오면서 효과를 봤다는 사람들의 후기가 엄청나게 많은 약이었기에 '나도 저 영양제를 먹으면 좋아지겠지'라는 기대감에 약을 사서 먹었지만, 그렇게 효과는 못 봤다. 오히려 크기가 너무 커서 먹는 데 부담스러웠다.

병원 약으로는 차도가 없자 남편이 한의원에 가서 치료를 받아보라고 했다. 그렇게 한의원 치료를 받게 되었다. 한의사 선생님이 맥을 짚으면서 나의 상태를 이야기해주셨다. 사실 나는 체력이 많이 떨어진 것 같아 등산도 하고 수영도 해볼까 싶어 수영복도 사놓고 있었다. 그런데 정상인보다 체력이 아주 많이 떨어져 있어 당분간 운동을 쉬라고 했다.

음식도 밀가루 음식, 자극적인 것(맵고 짜고 질기고 딱딱한 것 등)도 안 되고 과일도 신맛 나는 과일은 안 된다고 했다. 극단적인 식사를 할 수밖에 없는 상황이었다. 하지만 어쩔 수 없었다. 건강했을 때도 식사량이 많지는 않았지만 그때보다 더 먹지를 못한다. 한 숟가락이라도 더 먹으면 속이 불편하고 체하기 일쑤였다. 그렇게 나의 건강 상태는 걷잡을 수 없는 상태로 빠져들었다.

식사를 환자식처럼 먹어야 했다. 살이 점점 빠지기 시작했다. 예전에는 다이어트를 생각한 적도 있었는데 지금은 극단적인 식사로 인해 몸무게가 자고 나면 빠져 있었다. 아침 루틴 중 하나가 일어나면 꼭 몸무게를 재어보는 것인데, 체중계에 올라가기 전에는 체중이 줄어들지 않았으면 좋겠다고 생각한다. 크게 심호흡하고 체중계에 한발씩 올려놓으며 숫자를 유심히 본다. 숫자가 어제보다 내려가면 내가 어제 뭘 먹어서 살이 빠졌는지 기억을 더듬어 체크한다. 서서히 빠지는 나의 살들을 붙잡고 싶었다.

체중이 줄어드는 것에 대해 조금씩 불안감과 두려움이 생겨나기 시작했다. '이러다가 어떻게 되는 것은 아닐까?'라는 걱정이 나를 힘들게 했다. 왜 이 지경까지 왔는지 답답했다. 생각이 꼬리에 꼬리를 물면서 지난 과거를 되짚어보게 되었다. 과거의 지난날들을 생각하니 후회가 밀려왔다. 나의 지난날들에 대해 생각이 많아졌다. 밥을 제대로 못 먹으니 힘도 없었다. 점점 기력이 없어져갔다.

아프게 되자 많은 생각이 들었고, 과거에서 벗어나 나 자신이 변해야 한다는 생각이 들었다. 과거와 똑같이 살면 안 될 것 같았다. 변화가 필요했다. '지금과는 다른 삶을 살아야 한다는 나의 무의식이 나에게 보내주는 신호가 아닌가?', '지금이 내 삶의 터닝포인트가 아닌가?' 하는 생각이 들었다. 밖에서 활동하는 시간이 점점 줄어들고 집에서 TV나 유튜브를 보는 시간이 늘어났다. 건강에 관한 관심이 커져 어떻게 하면 좀 더 빨리 건강을 되찾을 수 있을지 정보를 찾고 또 찾았다. 그러면서 영성이나 명상, 자기계발에 관한 관심도 커졌다.

나 자신의 존재에 대해서 많은 생각을 하게 되었다. 내가 이 지구별에 온 이유가 무엇인지 생각하게 되었다. 무엇을 이루기 위해 이 세상에 태어났는지, 나의 소명은 무엇인지, 단지 주부로서 아이들을 키우고 남편 뒷바라지하면서 나이 들고 세상을 마감하는 것이 나의 소명인지 생각해 보았다.

앞으로 나 자신을 위해 좀 더 가치 있고 행복하게 살려면 어떻게 해야 하는지 고민하게 되었다. 지구 별에 온 것은 내가 사랑하는 사람들과 소중한 것들을 경험하기 위해 온 것이 아닐까 싶다. 하지만 그렇게 하지 못했다. 그런 삶을 꿈꾸는 것은 아무나 하는 게 아니라고 생각했다. 하지만 나는 아무나가 아니다. 지금까지는 내 가치를 제대로 인정하지 않고 살아왔다. 진정으로 스스로가 원하는 인생, 행복한 인생을 살다가 뒤돌아봤을 때 '참 행복한 인생이었어. 최고였어'라고 말할 수 있는 그런 인생을 살고 싶다.

시련은 해 뜨기
직전의 시간이다

우리는 인터넷이나 TV, 뉴스를 통해 봉사하는 연예인이나 공직자들, 넉넉하지 않게 살지만, 자신보다 더 불쌍하고 도움을 필요로 하는 사람을 도우며 사는 마음 따뜻한 사람들을 접하곤 한다. 소외된 이웃들을 위해 연탄 봉사를 하거나 아프리카나 빈민국에 직접 가서 가난하고 불쌍한 사람들을 위해 봉사를 하는 모습들을 보고 있으면 나도 언젠가는 소외되고 불쌍한 이웃들을 도우며 살고 싶다고 막연하게 생각하곤 했다.

아이들이 성인이 되면서 시간도 많아지고 마음에 여유가 생겼다. 아이들을 키우고 나면 '빈 둥지 증후군'으로 주부들이 힘들어한다는 이야기를 들은 적이 있다. '빈 둥지 증후군'은 자녀가 대학 입학이나 취직, 결혼 등으로 인해 독립하게 되면서 부모들이 느끼는 상실감을 말한다. 주로 양육자의 역할을 맡은 중년의 주부에게 잘 발생한다.

아이들을 한창 키울 때는 너무 힘들어서 아이들이 빨리 자라 독립했으면 좋겠다고 생각했었다. 그러면서 나도 '빈 둥지 증후군'으로 중년이 상실감과 외로움으로 힘들게 될까 봐 두렵기도 했다. 나는 이런 증상을 겪지 않기 위해 준비해야겠다고 생각했다. 어떤 것을 해야 할지 여러 가지로 생각을 많이 했다. 봉사활동을 하고 싶다는 생각이 들었지만, 봉사에도 많은 종류가 있어서 고민을 많이 했다. 그러다가 교육학을 전공한 나는 자연스럽게 남을 가르치는 일을 해야겠다는 생각이 들었다.

나는 어린 시절, 할머니와 함께 살면서 우리 할머니가 한글을 모르시는 분이라는 것을 알게 되었다. 할머니는 다니시는 종교 단체에 기부금을 내야 할 때, 이름을 못 적어서 항상 남한테 부탁해서 본인의 이름을 적곤 하셨다. 할머니는 자신의 이름을 적을 수 없어 답답해하셨는데 내가 가르쳐 드리면 할머니께서 답답함도 풀고 좋아하실 것 같아 알려드렸다. 할머니께서는 이후 남한테 부탁 안 하고 자신의 이름을 쓸 수 있게 되어 너무 좋다고 하셨다. 그동안 얼마나 답답하셨을까 싶었다.

어느 날, 지역 신문에 '문해교육지도사'를 양성한다는 강좌가 눈에 띄었다. 자원봉사를 생각하고 있던 나는 망설임 없이 담당자에게 연락을 해봤다. 수강생이 10명 이상이 되어야만 강좌가 개설된다고 했다. 다행히 수강생이 10명 이상 모여 강좌가 개설되었다. 총 15회로 수업이 진행되었다. 코로나 시국이라 줌(zoom)으로 수업이 진행되어 아쉬웠지만, 그래도 좋았다. 15회 수업을 마치고 바로 '문해교육활동가 역량 강화' 교육도 이어서 받았다. 수업과 교육으로 좀 더 구체적이면서 문해교육활동가로서 더 단단해지는 느낌이 들었다. 이제 나도 봉사하면서 의미 있는 삶을 살 수 있겠다는 기대감이 생겼다.

문해교육은 배움의 기회를 놓친 성인들을 대상으로 한다. 가정이나 사회에서 불편함을 느끼는 사람들을 위한 교육이다. 예전에 우리 할머니가 그랬듯이 한글을 모르는 것 때문에 평생 주눅 들어 소외되고 힘든 세월을 살아온 사람들을 도와주는 큰 의미가 있는 활동이라는 생각이 들었다. 그렇게 문해 지도사 자격증을 취득했다. 그 후, 집 주변의 기관에서 일주일에 1번 성인 문해 한글 수업을 하게 되었다. 처음이라 낯설고 조금은 긴장이 되면서 설레었다.

수업은 주로 60~80대의 여자 어르신들이 대부분이었다. 학교에 다닐 수 없는 환경에서 배우지 못한 설움과 한을 가지고 계셨다. 모두 스스로가 하고 싶어서 하는 공부라 많은 나이에도 불구하고 굉장히 열정이 넘치셨다. 어르신들의 호기심 어리고 초롱초롱 빛나는 눈을 볼 때면 나이가 무색할 정도로 열의가 있으셨다. 이러한 모습들은 나를 더 겸손하게 만들고 하나라도 더 알려드리고 싶은 마음이 생겨나게 했다. 처음 1년은 일주일에 1번 수업을 했다. 그다음 해는 담임을 맡고 일주일에 2번 수업을 하게 되었다. 담임을 맡게 되니 책임감이 생기고 더 열심히 해야겠다는 마음이 들었다.

공부는 반복 학습이 중요하다. 어르신들은 더 그렇다. 한두 번으로도 가능하신 분이 계시지만, 대부분의 어르신은 여러 번 반복적으로 해야만 가능하다. 교과서도 어르신 눈높이에 맞는 내용이다. 예를 들어, '고추장 만들기', '김치 담그기'가 나오면 오랜 세월만큼이나 각자의 노하우가 있다. 서로서로 노하우를 나누고 배우는 모습이 정겹고 보기 좋았다.

받아쓰기할 때 잘 생각이 안 나는 단어를 골똘히 생각하며 적는 모습에서 순수함이 엿보인다. 쉬는 시간이 되면 집에서 간식도 가져와 나눠 드시면서 수다도 떠신다. 한글과 함께 영어, 수학, 과학, 사회 등 여러 과목을 배우는 것 또한 어려워하시면서도 재미있어하신다.

수업 시간에 배운 내용을 바깥에 다니면서 발견하게 되면 기분 좋다고 말씀하신다. 예를 들어, 영어 시간에 배웠던 'BUSAN EXPO'라는 단어가 버스나 지하철에서 보였다고, 배웠던 거라 눈에 들어왔다며 좋아하셨다. "심 봉사가 눈을 뜬 것 같은 느낌이 들었다"라고 하셨다. 또 한 어르신은 "집에 전자제품들이 모두 'LG' 전자제품이었다는 것을 알게 되었다"라고 하셨다. 학생들이 배움을 통해 달라진 일상에 관해 이야기하면 보람 있고 뿌듯해지면서 기분이 좋아진다.

이렇게 나는 2년째 성인 문해교사로 활동하고 있다. 그런데 나의 건강이 점점 안 좋아지면서 조금씩 힘들어졌다. 그러던 어느 날, 수업하고 있는데 속이 불편하면서 답답하고 어지럽고 숨 쉬는 게 힘들어지면서 배도 아팠다. 몸이 너무 힘들어 쉬는 시간에 책상에 엎드려 있었다. 속을 달래보려 물을 마셨는데 동시에 아침에 먹었던 것들을 그만 다 토하고 말았다. 배가 점점 아파지면서 거의 정신을 잃고 말을 할 수 없는 상태가 되었다. 어르신들이 나의 등을 두드리고 정신을 차리게 하려고 했지만, 말이 나오지 않았다. 가까운 병원에 가자고 했지만 도저히 걸어서 갈 수가 없는 상태였다.

119를 불렀다. 대원들이 와서 인적 사항을 물었지만, 말이 잘 나오지 않았다. 기운이 너무 없어서 여러 번 질문을 들은 후 간신히 답할 수 있었다. 나는 가장 가까운 종합병원 응급실로 옮겨졌다. 응급실에 도착해서 의사가 나의 인적 사항을 확인하려고 질문했지만, 역시나 기운이 없어 말을 할 수가 없었다. 검사를 위해 CT를 찍고 링거를 맞으면서 결과를 기다렸다. 몇 시간 후 결과가 나왔다. 혹시나 큰 병일까 봐 걱정되었는데, 다행히도 큰 병은 아니었다.

아픈 배는 서서히 가라앉았고 답답하던 속은 토하고 나니 조금씩 괜찮아졌다. 똑같은 상황이 2019년에도 한 번 있었다. 한겨울에 외출했다가 갑자기 배가 아프고 땀이 나면서 숨 쉬는 게 힘들어지고 정신이 혼미해졌다. 그때는 다행히 남편이 옆에 있어서 나를 지켜줄 수 있었다. 그때도 119에 실려 갔는데, 그때 내려진 병명은 '미주신경 실신증'이었다.

비슷한 증상이었지만 이번에는 식체로 인한 것이었다. 기운이 없는 상태에서 링거를 꽂고 병원 침대에 누워 있었다. 처음도 아니고 두 번이나 응급실 신세를 지는 것이었기에 불안하다기보다는 담담했다. 가족들과 지인들의 걱정에 미안한 마음과 함께 정신을 차려야겠다는 생각이 들었다. 내 삶에 변화가 필요하다는 것이 느껴졌다.

나는 북튜버들의 영상을 자주 본다. 그러던 중 '한국책쓰기양성협회(이하 '한책협')'의 영상을 접하게 되면서 김태광 대표님을 알게 되었다. 대표님은 25년 동안 300권의 책을 집필하고, 12년 동안 1,200명의 평범한 사람을 작가로 만든 대한민국 최고의 코치였다. 대표님을 알게 되면서 지금과는 다른 새로운 인생을 살기 위해서는 책을 써야겠다고 생각했다. 그렇게 나에게 자기 주도적인 삶을 위한 목표가 생겼다. 준비된 자만이 기회를 알고 잡을 수 있다. 지금이 그때인 것 같다.

시련은 축복이라 했다. 만약 내가 계속 건강했으면 이런 기회들은 오지 않았을 것이다. 어쩌면 내가 건강하지 않은 것이 기회가 되었던 것일 수도 있다. 기회가 오면 그 기회를 잡을 수 있어야 한다. 기회를 내 것으로 만들어야 한다. 나는 그렇게 했다. 나에게 오는 행운을 놓치지 않고 꽉 잡았다. 책을 쓰기로 결정하고부터는 마음가짐도 달라지고 행동도 달라졌다. 생각이 바뀌니 몸에도 서서히 변화가 오기 시작했다. 하루하루를 알차게 보내게 되고 감사하는 마음이 생겨났다. 그런 마음에서 힘도 생겨났다.

2장

독립하지 못한 어른들

피터팬 증후군을
앓고 있다

피터팬 증후군의 사전적 의미는 '성인이 되어서도 현실에서 도피하기 위해 스스로를 어른임을 인정하지 않은 채 타인에게 의존하고 싶어 하는 심리'다. 최근에는 남녀 상관없이 타인에게 의존적으로 기대는 사람에게 널리 사용되고 있다. 나는 네버랜드에 사는 피터팬처럼 자유롭게 어른이고 싶지 않은 상태로 살고 싶은 상상을 하곤 한다. 나는 어린 나이에 갑자기 결혼하고 아이가 바로 생기는 바람에 신혼을 즐길 여유가 없었다. 신혼을 주위에 지인 한 명 없는 시골에서 생활하면서 정서적으로도 매우 힘들었다. 아무도 없는 사막에 혼자 떨어진 느낌이었다. 모든 것들이 새롭고 낯설었다.

나는 아침형 인간이 아닌 저녁형 인간의 생활 패턴을 가지고 있다. 아이들을 낳고 케어하면서 아침 일찍 일어나는 아이들의 스케줄에 맞추려니 많이 힘들었다. 특히, 아이들이 중고등학교에 다닐 때는 새벽밥을 해야 했다. 그럴 때는 항상 미리 밥솥의 예약을 눌러 놓고 자야 했다. 아침 일찍 일어나 밥할 시간을 조금이라도 줄여 기상 시간을 늦추려는 목적이었다. 큰아이는 늦잠 자는 경우가 잘 없었다. 내가 조금이라도 늦게 일어나면 큰아이가 나를 깨우곤 했다. 아이 둘 다 아침은 꼭 먹여서 학교에 보냈다. 그 습관은 내가 중고등학생일 때도 마찬가지였다. 아침을 꼭 먹고 학교에 갔으니, 아침밥은 당연히 거르면 안 되는 것으로 알고 있었다.

남편이 회사를 그만두고 쉬는 동안 시댁에서 경제적인 도움을 받으며 생활했다. 그런 도움이 있었기에 어쩌면 남편의 방황이 더 길어졌는지도 모르겠다. 어른들이 도움을 주셔서 감사하기는 했지만, 우리 스스로 독립하는 데 좀 더 시간이 지체되었던 것 같다는 생각이 든다.

우리는 결혼을 비롯해 처음부터 어른들로부터 많은 도움을 받고 결혼 생활을 시작했다. 세상에 공짜는 없다고 했다. 많은 도움을 받았기에 어른들의 의견에 무조건 따라야 했다. 내 생각을 말할 수가 없었다. 자식이 된 도리로 무조건 잘해야 한다는 생각을 가졌다. 독립적으로 살고 싶다고 생각했지만, 우리에게는 불가능한 일이라고 스스로 한계를 짓고 그 틀에 스스로를 가두고 살았다.

하지만 내 아이들에게는 우리와 똑같은 삶을 강요하고 싶지는 않다. 우리 아이들은 독립적으로 살았으면 좋겠다. 우리는 어른들처럼 아이들에게 경제적으로 도움을 줄 능력도 사실 안 된다. 우리는 그저 아이들이 대학을 졸업할 정도로만 지원해주고 그다음은 본인들이 알아서 해야 한다는 것을 자연히 알게 했다. 서로 독립적이고 주체적으로 살아야 기대감도 없고 자유롭고 행복할 것이기 때문이다.

얼마 전, 친구 P에게서 자기 딸의 취업이 늦어지고 있다고 애달픈 목소리로 하소연하는 전화가 왔었다. 대학을 졸업하고 회사에 들어가려고 이력서를 많이 내어도 잘되지 않는다는 것이다. 번번이 불합격 소리를 들으니 속상하기도 하고, 딸이 애처로워 엄마로서 많이 힘들다고 했다. 그런 친구에게 딸을 믿고 좀 더 기다려보라고 이야기해주었다. 친구의 애타는 목소리가 한동안 내 귓가에 맴돌며 나의 마음도 편치 않았다.

요즘은 대학을 졸업해도 취업하기가 쉽지 않다. 많은 노력에 비해 취업 자리는 한정되어 있기에 경쟁이 치열하다. 예전에는 직장에 취직이 되면 퇴직할 때까지 임기가 보장되었다. 하지만 지금은 그렇지 않다. 그래서 신조어로 사오정(45살이 되면 정년), 오륙도(56살까지 일하면 도둑)라는 말이 있다. 삼팔선(36살까지 다니면 선방), 삼초땡(30대 초 명예퇴직)이라는 말까지 나왔다.

100세 시대를 넘어 요즘 태어나는 아이들의 수명은 120살까지 가능하다고 한다. 기술이 발전하면서 인간 수명까지 연장시킬 수 있다는 사실이 새삼 놀랍다. 일할 수 있는 시간은 짧아진 데 반해 인간 수명은 한없이 길어진 지금, 우리는 어떤 준비를 해야 할까? 생각해봐도 해답이 잘 떠오르지 않는다. 길어진 인간 수명이 결코 축복이 아닌 재앙이 되지 않으려면 어떻게 해야 할까? 쉽게 답할 수 있는 문제는 아니다.

김난도 교수팀의 《트렌드 코리아 2023》에 의하면, 우리 사회는 자신의 나이보다 어리게 보이거나 젊게 보이려고 많은 사람들이 애쓰고 있다고 했다. 우리는 '동안'이라는 말을 들으면 기분이 좋고, 자신이 남들보다 잘 살아온 것 같은 위안을 받고 심리적으로도 안도감을 느낀다. 어른이 되었지만 아이 때 가져보지 못한 장난감이나 아동 취향의 물건을 사 모으면서 자신의 취미를 즐기는 마니아들도 생겨나고 있으며, 요즘 이런 마니아들은 자신의 취미생활에 대해서 당당하게 드러내며 즐기고 있다고 한다.

많은 사람들이 엄청난 경쟁사회 속에 살아가면서 불안감과 피로감을 느끼고 있다. 어린 시절 가지고 놀았던 장난감이나 혹은 가지지 못한 장난감을 어른이 되어 가짐으로써 심리적으로 안정감을 느낀다. 또한 어린 시절의 향수도 느끼게 되면서 스트레스도 해소한다.

또한, 기대 수명이 길어지면서 삶의 다양한 변화도 동반하고 있다. 우리가 흔히 생각하는 전형적인 어른과 또 다른 관점에서 어른의 모습이 나타나고 있다. 결혼하지 않고 자기가 좋아하는 일을 하면서 노후를 보내는 사람, 혹은 결혼을 굳이 하지 않으려고 한 것은 아니지만, 여러 가지 이유로 혼자 사는 사람들이 늘고 있다. 결혼은 했지만 아이는 가지지 않는 '딩크부부'도 있다. 자녀를 양육하는 대신에 자신들을 위해 투자하고 자유롭게 사는 어른의 유형이다.

우리는 어른이 되면서 순수함과 천진난만함의 빛이 바래진다. 어른이 되어서도 아이와 같은 순수함과 천진난만함, 삶의 경이로움을 가진 채 어른의 경험과 지혜를 동시에 쌓을 수 있는 사람으로 살아갔으면 좋겠다.

이러한 삶의 태도를 가지려면 일단은 건강이 보장되어야 한다. 노령화가 급속히 진행된 우리나라에서는 큰 사회 문제가 아닐 수 없다. 보통 60세가 넘으면서 차츰 의료비가 많이 들어가기 시작한다. 친정엄마와 시어머니는 퇴행성 관절염으로 양쪽 무릎을 수술하셨고, 시어머니는 허리 협착증으로 허리 수술도 하셨다. 또한, 제일 걱정해야 할 병은 '치매'다. 본인과 가족을 모두 고통스럽게 하기 때문이다. 다행히 양가 어른들은 치매는 없으니 그것만으로도 감사하게 생각해야 할 것이다.

건강 다음으로, 경제적인 문제가 해결되어야 할 것이다. 주변 언니들의 경우, 남편분들이 은퇴를 앞두고 있거나 이미 한 경우가 있다. 은퇴 후에도 계속 경제적 활동을 하고 있는 경우도 있지만, 그렇지 못한 경우도 있다. 은퇴 후 함께 사이좋게 여행 다니며, 여유가 있게 즐기는 경우는 그래도 다행이다. 함께 있는 시간이 길어지면서 마음이 안 맞아 힘들어지거나, 경제적으로 어려움이 생기면 삶이 더 힘들어진다.

사람은 누구나 다 자기만의 꿈과 야망을 품고 있다. 단지 그 꿈을 현실에서 실현시키느냐, 아니면 꿈으로만 남게 할 것인가는 개인의 의지와 노력에 달려 있다. 많은 사람이 행복한 삶을 꿈꾼다. 하지만 본인이 원하는 대로 다 이루어지지는 않는다. 이루어지지 않는 것에 대해 누군가는 어차피 안될 줄 알았다는 식의 낙담을 하거나 현실을 회피한다. 힘들고 괴로운 현실을 회피하면서 인정하지 않으려고 한다. 하지만 그렇게 되면 사실 본인이 제일 괴롭고 힘이 든다. 자신의 현실을 인정하고 정확하게 바라볼 줄 아는 삶의 태도가 필요하다. 그러한 삶의 태도를 갖추기 위해 노력해야 할 것이다.

불안한 중년의
어른들

요즘 많은 사람이 '경제적 자유인'이 되기를 희망한다. 특히, 젊은 청년들이 그러하다. 그들 사이에서는 월급 이외의 돈을 벌기 위한 재테크가 유행하고 있다. 예전 우리 때와는 너무도 다른 모습이다. 나는 이때껏 살면서 재테크나 투자 등에 크게 신경을 안 쓰고 살았다. 돈에 큰 관심이 없었던 탓이다. 그저 있건 없건 돈은 아껴 쓰는 대상이었고, 절약이 최선의 미덕이었다. 부모님이 그렇게 교육하셨고, 학교와 사회에서도 그렇게 배웠다.

결혼하고부터는 남편이 벌어오는 월급으로만 생활했다. 아이들이 중고등학교에 다닐 때는 남편 월급만으로는 생활하기 힘들어 가정 경제에 보탬이 되려고 단기 아르바이트도 했다. 하지만 그럼에도 살림살이는 좀처럼 나아지지 않았다.

시부모님은 아들이 사업이라도 벌일까 봐 평생 노심초사하셨다. 가까운 지인들의 실패 경험담을 읊으시며 남편의 가슴속에 사업에 대한 두려움을 심어주셨다. 그래서일까. 남편은 사업은 전혀 생각하지 않는 눈치였다. 사업뿐만이 아니다. 남들 다 하는 주식 투자 또한 한 번도 하지를 않았다. 오로지 월급만으로 살림을 꾸려나가야 해서 최대한 지출을 줄이는 수밖에 없었다.

우리는 평생 월급쟁이로 살아오면서 큰돈을 만져보지 못했다. 한창 아파트 열풍이 불 때도 딴 세상 사람들의 이야기라고 치부하기 바빴지, 관심을 두지 않았었다. 주변에서 아파트 갭 투자로 큰돈 벌었다는 이야기가 심심찮게 들려오는데도, 투자나 재테크는 아무나 하는 게 아니라는 관념에 빠져 있던 우리는 크게 신경 쓰지 않았다.

요즘 많은 사람이 주식 투자를 하고 있다. 가정주부부터 대학생, 회사원 등 남녀노소 불문하고 재테크에 관심을 기울인다. 이런 현상들을 지켜보면서 '아무것도 하지 않는 나는 괜찮나' 하는 불안감을 느끼곤 한다.

하지만 '자본주의 사회에서 평범한 월급쟁이가 어떻게 하면 경제적으로 좀 더 나은 생활을 할 수 있을까'를 고민해봐도 방법이 잘 떠오르지 않았다. 이대로 주어진 것에 만족하며 사는 수밖에 달리 방법이 없다는 쪽으로 마음을 다스릴 뿐이었다.

중년이 되면 많은 것들에서 해방되고 편안하고 여유로운 생활을 누리면서 살 것으로 기대했다. 자식들을 키워놓고 부부가 여행하면서 인생의 황금기를 누리는 시간이 주어질 줄 알았다. 하지만 내가 막상 중년이 되고 보니 현실과 이상은 매우 달랐다.

나의 현실만 하더라도 아직 큰아이가 대학교를 졸업하지 않은 상태라 대학 등록금이라는 큰돈이 들어가고 있다. 예전보다 배움의 기간이 늘어나면서 학비는 더 많이 들어간다. 남편의 정년퇴임을 얼마 안 남겨놓은 상태에서 노후 계획은 점점 늦어지고 있다.

경제적인 문제뿐만이 아니다. 젊었을 때는 생각하지 못했던 갑작스러운 건강 이상으로 인해 일상생활에서도 많은 제한이 생기기 시작한다. 나는 예전부터 커피를 참 좋아했다. 커피를 너무 좋아해서 커피 마시려고 밥을 먹는 일도 있을 정도였다. 커피를 마시는 시간은 오로지 나에게 집중하며 여유를 가질 수 있는 시간이라 좋아했던 것 같다. 매번 커피숍에 가는 시간과 돈을 아끼기 위해 집에서 편하게 핸드드립이나 커피 자동머신으로 즐기곤 했다. 인터넷에서 여러 종류의 커피 원두를 고르는 재미도 나의 소소한 즐거움이다. 커피 원두는 산미가 없거나 약한 원두가 좋고, 커피를 내릴 때 나오는 향과 고유한 맛, 풍미가 좋았다. 하지만 위가 좋지 않아지면서 좋아하는 커피를 끊을 수밖에 없었다.

매일 카페인으로 육체와 정신을 깨우고 하루를 시작하는 즐거움이 있었다. 하지만 이런 소소한 즐거움과 행복감을 느낄 수 없다는 사실이 속상하고 아쉬웠다. 예전에는 생각지도 못한 일들이 중년이 되면서 포기하거나 할 수 없는 것들로 변해버렸다. 갑작스럽게 나의 소소한 행복이 사라져버렸다.

김태리, 류준열 주연의 〈리틀 포레스트〉라는 영화가 있다. 시골 생활을 테마로 한 동화 같은 영화다. 주인공(김태리)이 잠시 서울 생활을 접고 시골인 고향으로 내려온다. 엄마가 없는 고향 집에서 혼자 요리하면서 과거의 기억과 상처를 마주한다. 직접 농사지은 농작물로 매 끼니를 만들어 먹으면서 서서히 상처를 치유하고 마음의 힘을 얻는 영화다. 아름다운 사계절의 자연과 시골 생활의 여유로움, 포근함을 느낄 수 있는 잔잔하면서 가슴 따뜻한 영화다.

나도 서울에서의 생활을 정리하고 고향에 내려왔을 때 따뜻하고 포근함을 느꼈다. 바다와 함께하는 곳이라 언제든지 넓고 푸른 바다를 볼 수 있어서 좋다. 집 앞으로는 바다가 있고, 집 뒤로는 산이 있다. 중년이 되면서 자연의 아름다움도 온전히 느낄 수 있는 마음의 여유가 생겼다. 젊었을 때 보이지 않았던 것들도 보인다. 그 대표적인 것이 자연이다.

20대 때는 시골에 살면서 자연을 언제든지 마음껏 누릴 수 있었지만, 내 눈에는 보이지도 않았고 잘 느껴지지도 않았다. 그만큼 내 마음에 여유가 없어서였을 것이다. 지금은 자연의 싱그러움과 철마다 자연이 주는 아름다움에 감탄과 깊은 경이로움을 느낀다.

추운 겨울을 지나 조그맣고 앙증맞은 연둣빛의 작은 새싹이 주는 생명력은 자연의 경이로움을 느끼게 한다. 무더운 여름날, 초록으로 짙게 덮인 산속의 시원한 계곡은 더위를 날려준다. 온 천지가 단풍으로 화려하게 물드는 가을의 운치나 겨울에만 느낄 수 있는 낭만 등 자연은 우리에게 무한한 아름다움과 평안을 준다. 늘 한결같은 자연이지만 그 아름다움과 사랑을 나는 이제야 온전히 느낄 수 있다.

나이가 들면서 집에 식물을 키우기 시작했다. 예전에는 나만큼 식물을 못 키우는 사람은 없을 거로 생각했다. 예쁘고 비싼 식물이든, 키우기 쉽다는 선인장이든 나는 키우는 족족 생명력을 유지시키는 데 실패했다. 한동안은 식물을 아예 키우지 않겠다고 결심했다.

그러나 언제부턴가 식물을 키우고 싶다는 생각이 들었다. 집 안에 초록의 생명체가 있다는 것은 기분 좋을 뿐만 아니라 정서적으로도 안정감을 느끼게 해준다. 식물도 생명이 있는 존재라 사랑을 주고 정성을 다해야 한다. 처음에는 화분 한 개로 시작했지만, 지금은 점점 화분이 늘어나고 있다. 식물마다 특색이 있어 물 주는 시기, 햇빛 보는 장소 등을 신경을 써야 하지만, 식물은 그 존재만으로도 사람에게 기쁨과 평안함을 주고 있다.

철들지 않은
어른들

나는 첫 선을 보고 결혼했다. 중매 결혼이었다. 그것도 처음 본 남자와 두 달 만에 결혼했다. 말이 두 달이지, 10번도 안 보고 결혼했다. 남편은 먼 거리에서 회사 생활을 하고 있던 터라 주말만 시간이 가능했는데 바쁠 때는 주말도 볼 수가 없었다. 내가 이렇게 이야기하면 사람들은 "조선 시대도 아니고 요즘 시대에 그렇게 결혼하는 사람이 어디 있어?"라고 한다. '조선 시대도 아닌데 한 번 본 남자랑 어떻게 결혼 날짜를 잡을 수 있어?'라는 생각이 드는 것은 나도 마찬가지다.

지금 생각하면 인연이라는 게 참 무섭다는 생각이 든다. 처음 선본 남자가 내 평생의 반려자가 될 줄은 꿈에도 몰랐다. 그것도 어느 날 갑자기, 나타난 남자가 말이다. 처음 남편과 선을 봤을 때 나는 편안함을 느꼈다. 24년을 살아오면서 느꼈던 감정이 아니었다. 잘 보이려고 할 필요도 없었고, 그냥 아무것도 안 하고 가만히 있어도 편안했다. 지금 생각해도 그때의 그 편안한 느낌을 나는 좋아했던 것 같다.

중매 결혼이다 보니 상대의 조건에 대해 부모님들은 직장, 학벌, 건강 등 여러 면에서 괜찮다고 말씀하셨다. 그래도 '지금 갑자기 결혼하는 게 맞는지?', '한 번 본 남자와 백년해로를 할 수 있을지?'라는 생각이 들었다. 사실 이때까지 나는 결혼에 대해 별생각이 없었다. 결혼을 생각하기에는 나 자신이 어리다고 생각했고, 결혼은 어느 정도 준비를 한 후에야 가능하다고 생각했기 때문이다. 하지만 부모님께서는 '너를 위해 괜찮은 남자이니 지금 하는 게 좋다'고 말씀하셨다. 어쩌면 나보다도 부모님이 더 마음에 들어 하셨고, 놓치기 싫으셨던 것 같다. 어쨌든 부모님이 나를 위해 최선의 선택을 하신 거라고 생각하고, 나도 남편의 편한 느낌이 좋아서 결혼하게 되었다.

남편과 나는 같은 동네에 살고 있었다. 하지만 우리 부부는 서로 얼굴도, 이름도 모르는 상태로 살았었다. 양가 부모님들께서는 서로의 집안을 알고 있었으며, 오빠 친구의 형이 지금의 남편이다. 시숙모의 소개로 선을 보게 되었다. 시숙모는 엄마와 친구였다. 경상도 화끈한 성격의 집안 어른들은 "뭐, 서로 집안 알겠다. 미루고 자시고 할 필요 있나! 서로 얼굴 봤으면 됐지" 하시며 한 번밖에 보지 않았는데 나의 결혼식 날짜를 잡아 오셨다.

그때 내 나이는 24살이었다. 결혼의 '결'도 아니고 '기역'도 생각하지 못하고 있었던 때다. 처음에는 너무 황당했다. 내가 결혼한다고? 나도 그 사실이 믿어지지 않았다. '이게 뭐지' 싶어 멍하니 아무 생각도 들지 않았다. TV에서나 영화에서나 볼 수 있는 결혼을 내가 한다고? 그것도 두 달 후에?

결혼 날짜를 잡고 나서 친구와 지인들에게 전화하니 모두 믿지 않았다. 거짓말이라고 했다. 그런 반응들이 이해는 갔다. 사귀는 남자 친구가 있었던 것도 아니고, 결혼을 하고 싶다고 한 적도 없었기 때문이었다. 선을 보고 갑자기 결혼하게 되었다고 이야기를 하니 다들 황당해하며 믿지 못했다. 그렇지만 내 이야기가 사실이라는 것을 알고 다들 축하해주었다.

여태껏 살면서 친척 결혼식에 한두 번 가본 것이 다인데, 그 주인공이 나라고 하니 믿어지지 않았다. 날짜를 잡고부터 결혼식 준비는 일사천리로 진행되었다. 내가 주인공이었지만, 결혼한다는 게 실감이 나지 않았다. 주인공이 아닌 조연이 된 느낌이었다. 부모님이 모든 것을 다 준비해주셨기 때문이다. 너무나도 감사한 일이었지만 결혼하는 나는 어른들 세계에서 작은 인형이 된 듯한 느낌이 들었다.

어른들이 정해준 식장에서 어른들이 정해준 신혼여행지를 가게 되었다. 웨딩드레스도 어른들이 예쁘다고 하는 것을 입었고, 주례도 어른들이 정해주신 분이 맡았다. 어른들이 선택하고 결정한 것들로 나의 결혼 생활은 시작되었다. 어떤 사람들은 결혼 한번 하려면 얼마나 피곤하고 힘든 일이 많은데 그런 모든 것들을 신경 쓰지 않고 했으니 얼마나 좋냐고 부러워한다. 좋은 것인지 아닌지 나는 별 느낌이 없었다.

생각하면 참 단순 무식했던 것 같다. 일생일대의 큰일을, 그것도 결혼이라는 인생의 큰일을 별생각 없이 한 것이 말이다. 어린 나이에 결혼하고 시골 생활을 하리라고는 생각지도 못했다. 너무나도 순식간에 일사천리로 일어난 일이었다. 정신을 차리고 보니 결혼했고, 아이도 2명이나 있다. 사실 아이를 낳아 기른다는 생각도 결혼 전에는 해본 적이 없었던 터라 막막했었다.

내가 아이들을 키울 때만 해도 30년 전이었으니 육아에 대한 정보 또한 귀했다. 가까운 서점에 가서 육아 책을 찾아봤는데, 마침 그때 〈베스트베이비〉라고 하는 육아 월간지가 창간호로 나와 있었다. 육아 매거진을 구매해서 보는 게 육아에 대한 정보를 조금이나마 알 수 있는 방법이었다. 그때는 인터넷도 없었고 주위에 아기를 키우는 사람도 없었다. 친구 중에서도 내가 제일 먼저 결혼했기 때문에 육아에 대해서는 문외한이었다. 친구는 물론이고 사돈에 팔촌까지도 어린아이를 키우는 것을 본 적이 없었다. 그렇다고 친정이 가까워서 친정엄마의 도움을 받을 수 있는 것도 아니었다. 친정은 우리 집에서 5~6시간이 걸리는 곳에 있었으니 힘들 때 도움을 요청할 수도 없었다.

엄마가 해준 밥만 먹다가 결혼을 하고 결혼 생활이 시작되면서 내가 직접 밥을 해야 하는 현실에 맞닥뜨리게 되었다. 요리라고는 해본 적 없는 내가 당장 출근하는 남편의 밥이랑 반찬을 해야 하니 너무 난감했다.

양가 어른들이 주신 김치, 생선, 장류 등은 오래 두고 먹을 수 있었다. 하지만 바로바로 해 먹어야 하는 반찬들은 요리책을 보면서 했다. 그러면서 엄마가 만들어주었던 음식 맛을 기억해내면서 한 가지씩 반찬을 만들어봤다. 지금은 유튜브만 들어가도 수많은 정보가 있어 쉽게 볼 수가 있지만, 그때만 해도 책으로 요리를 배울 수밖에 없었다. 모르는 것들은 전화로 엄마한테 물어서 했다. 1년 정도 하다 보니 어느 정도 몇 가지 반찬들은 쉽게 만들 수 있게 되었다.

아버지는 지금도 오십이 넘은 나를 애 취급을 할 때가 많다. 아버지를 닮은 약한 체질에 대해 항상 염려하고 걱정하신다. 어떤 일을 할 때는 혼자 결정하지 말 것이며, 운전하는 것, 먹는 음식, 나의 건강 상태 등 여러 가지에서 독립적인 성인으로 보지 않으신다. 내가 아직도 어리고 약하고 불안해 보이시는 것 같다. 어쩌면 아버지 자신의 불안감과 걱정을 나에게 투영시킨 게 아닌가 싶다.

성인이 된 딸을 이제 걱정하지 않으셔도 된다고 해도 잘 안 되시는 것 같다. 그렇다고 언제까지 어린 딸로 있을 수는 없지 않은가? 아버지 앞에서는 철들지 않은 어른아이로 남기를 바라시는 것 같기도 하다. 물론 나는 나이만 먹었지, 철들지 않은 어른아이였다.

이제는 주체적으로 살아가는 모습을 보여드려야겠다고 생각해본다. 누구의 엄마, 딸이 아닌 한 인간으로 당당하게 살아가면 부모님은 더 이상 나를 어른아이로, 약하고 어린 딸로 보지 않을 것이다. 어른들이 원하는 결혼을 했고 그렇게 30년을 살았다. 이제는 나도 내가 하고 싶은 것 하고, 먹고 싶은 것 먹고, 가고 싶은 곳 가고, 하기 싫으면 안 하고, 그 누구의 눈치도 보지 않고 살아갈 것이다. 그렇다고 지금 나에게 주어진 것들에 대해 원망하거나 싫다는 것은 아니다.

이제는 내가 선택하고 그 선택한 것에 대한 책임도 내가 질 것이다. 물론 실수도 할 수 있고, 실패도 할 수 있다. 하지만 그런 과정들을 경험하면서 좀 더 단단해지는 사람이 될 것이기 때문에 괜찮다. 세상에 완벽한 삶이 어디 있겠는가? 인생에 정답은 없다고 하지 않던가? 내가 가는 길이 많은 길 중 하나다. 나에게 주어진 삶에 감사하고 누구의 눈치도 보지 않고 내 마음의 소리에 귀를 기울일 것이다.

결혼 후에도
자식을 돌보는 어른들

양가 어른들의 적극적인 지지로 결혼 생활을 시작하게 되었다. 신혼 초부터 부모님들과 멀리 떨어져 생활했지만, 가까이 있는 것 못지않게 많은 보살핌을 받았다. 특히, 시어머니의 극진한 자식 사랑은 먼 거리와는 아무 상관이 없었다. 한 번씩 시댁에 다녀올 때는 차 트렁크 가득 먹을 양식뿐만 아니라 생활용품 등을 챙겨주셨다. 그래서 장 보러 가기 싫을 때는 냉장고를 파먹기만 해도 한 달은 거뜬히 살 수 있을 정도였다. 명절에 양가 방문하고 집에 올라올 때면 차 트렁크뿐만 아니라 차 안에도 부모님들의 사랑이 여러 가지 것들로 넘쳐났다. 항상 부모님들의 넘치도록 과분하고 따뜻한 사랑에 감사했고, 잘해야겠다는 마음도 가지면서 살았다.

친정아버지와 엄마 생신이나 친정행사에는 잘 내려가지 못하고 전화로만 축하 인사를 전했다. 하지만 시어른들 생신이나 제사 등은 빠지지 않고 내려갔다. 이러한 것들을 당연시하면서 30년 결혼 생활을 했다. 물론 지금은 부모님들과 가까이 있으므로 친정, 시댁 상관없이 모두 참석한다. 지금의 젊은이들은 친정이나 시댁 모든 면에서 똑같이 한다고 했다. 우리 아이들도 나중에 결혼하게 되면 기울어지지 않게 똑같이 했으면 좋겠다고 생각한다.

시골에서 살다 보니 산부인과도 마땅치 않았다. 아이를 임신하고 두 달에 한 번 있는 정기 검진과 아이를 낳을 때 모두 고향인 부산에 있는 병원을 이용했다. 요즘에는 아이 낳고 산모들이 산후조리원을 이용하는 게 당연시되고 있지만, 30년 전만 하더라도 보통은 다들 집에서 산후조리를 했다. 큰아이를 낳고 친정에서 산후조리를 시작했다. 아이와 함께 친정에서 산후조리한 지 일주일쯤 되었을 때였다. 친정 아파트에 전체 방역을 한다고 몇 시간 정도 집을 비워야 했다. 일주일밖에 안 된 어린 아기를 데리고 밖에 나와 있을 수가 없었다. 그래서 시어른들께 아기도 보여드릴 겸, 같은 동네였던 시댁에 잠시 가 있기로 했다. 그때는 시할머니도 계셔서 장손이 왔다고 굉장히 좋아하셨다.

몇 시간이 흐른 후 다시 친정으로 가려고 하니, 시어른들께서는 일주일밖에 안 된 아기를 데리고 왔다 갔다 하면 안 된다고 하셨다. 너무 당황스러웠다. 아파트 방역으로 잠깐 몇 시간만 있다가 가려고 한 거라고 말씀드리니, "그러는 거 아니다"라고 하셨다. 완전히 생각지도 못한 일이 전개되고 말았다. 너무 갑작스러운 상황에 맞닥뜨리게 된 것이었다. 울며 겨자 먹기로 어쩔 수 없이 엄마한테 전화해서 시댁으로 짐을 갖다 달라고 부탁

했다. 친정 부모님들도 당황해하셨다. 그렇게 큰아이의 산후조리를 친정에서 하다가 갑자기 시댁에서 하게 되었다.

시어머니께서는 매끼 식사를 정성껏 차려주시고, 아기 목욕이며 빨래며 모든 것들을 다 해주셨다. 그것도 일일이 손빨래로 해주셨다. 당시 시댁에는 결혼 안 한 시동생 2명과 시할머니까지 해서 5명의 시댁 식구가 있었는데, 큰아이와 내가 왔으니 총 7명의 식구가 된 것이다. 시어머니께서는 힘이 많이 드셨을 텐데도 너무 행복해하시고 좋아하셨다. 그때 세상을 다 가진 듯한 표정으로 환하게 웃으셨던 어머니의 모습이 지금도 기억에 남아 있다.

시어머니는 모유를 먹여야 하는 나를 위해 밤에도 미역국을 먹으라고 깨우셨다. 그때는 밤이고 새벽이고 자다 말고 먹어야 하는 미역국이 싫었다. 만약 친정에서 몸조리하고 있었다면, 엄마한테 짜증을 내거나 화를 냈을 것이다. 하지만 화를 낼 수 없는 상황이었기에 시어머니께서 해주시는 미역국을 밤에도 새벽에도 일어나 먹었다.

시장에 가셔서 부기 빼는 데 좋다는 가물치며 늙은 호박, 한약도 지어주셨다. 그런 정성에도 불구하고 나는 모유가 잘 나오지 않았다. 그러면서 심하게 젖몸살을 앓았다. 병원에 가서 약을 먹게 되면서 아기에게 모유를 먹일 수가 없게 되었다. 그때 시어머니께서 실망을 많이 하셨던 것 같다. 그 당시에만 해도 어른들은 아기가 분유 먹는 것을 이해하지 못하셨다. 나는 괜히 큰 잘못을 한 사람 같은 느낌이 들었다. 죄송한 마음이 들었지만 어쩔 수가 없었다. 그렇게 큰아이는 2주 정도만 모유를 먹고 그 이후에는 분유를 먹였다.

우리 조상들은 아기가 태어나면 부정에 노출될까 봐 조심하면서 외부인 출입도 금하고 모든 것에서 조심했다. 그러면서 보통은 7일을 3번 지낸 삼칠일, 즉 21일이 지난 후에는 외출도 하고 자유롭게 생활한다. 시댁에서 21일을 지낸 나는 시골의 우리 집에 가고 싶다는 생각이 들었다. 물론 시댁에 있으면서 아기도 나도 모든 것들을 다 케어받으니 좋기는 했지만, 집에 가고 싶은 생각이 들었다.

그런데 시어머니께서는 삼칠일은 지났지만, 아직 일곱칠일까지 있어야 한다고 하시는 게 아닌가? 그러니까 아직 28일, 거의 한 달은 더 있어야 한다고 말씀하시는 것이었다. 속으로 너무 답답한 마음이 들었다. 하지만 그 뜻을 거역할 수가 없었다. 살짝 '아기를 잘 키울 수 있을까?' 하는 걱정이 들기도 했기에 어쩔 수 없다고 생각하고 시어머니의 말에 따르기로 했다. 그렇게 49일을 채우고 시어머니와 함께 시골 우리 집에 가게 되었다. 시어머니 덕분에 산후조리를 잘한 것은 아주 감사한 일이었다. 큰아이의 산후조리는 그렇게 했기에 작은아이의 산후조리는 기필코 친정에서 하겠다고 마음을 단단히 먹었다.

작은아이를 낳고 친정에서 산후조리를 하고 있었다. 그런데 전화 너머로 들리는 시어머니의 목소리가 좋지 않았다. 친정에서 산후조리 하고 있는 게 마음에 안 드시는 모양이었다. 불안해졌다. 아기와 시댁으로 안 가면 안 될 것 같은 느낌이 들었다. 이렇게 불안해하는 것보다 그냥 가는 게 낫겠다 싶었다. 어쩔 수 없이 또 시댁으로 가게 되었다. 시어머니께서는 큰아이 때와 같이 아주 좋아하시며 큰아이 때와 똑같이 지극정성으로 아기도, 나도 케어해주셨다. 감사하고 또 감사한 일이었다. 작은아이는 큰아이 때처럼 49일까지는 시댁에 있지 않았다. 힘들어할까 봐 배려해주시는 것 같았다. 그렇게 두 아이 모두 시댁에서 시어머니의 케어로 산후조리를 했다.

결혼했음에도 어른들께서는 우리를 독립된 개체로 인정해주지 않으셨다. 시어머니께서는 어릴 때 부모님을 일찍 여의시고 여러모로 어렵게 사셨다고 했다. 그런 일 때문인지 자식을 결혼 유무와 상관없이 끝까지 책임지고 돌봐야 한다고 생각하고 계셨다.

물론 어른들의 도움을 받으면 감사하고 편한 것들이 많은 것은 사실이다. 하지만 성인이 되고 아이를 낳고 키우고 있어도 어른이 아니라 어린 자식으로, 소유물로 생각하시고 계셨다. 그렇게 되면 우리는 스스로도 독립하지 못하고 기대려는 마음을 가지게 되며, 영원히 내 인생의 주인공이 아닌 조연으로 살아가게 된다. 그러면서 어른들 눈치를 보게 되는 삶을 살게 된다. 시어머니의 눈치를 보면서 뜻에 어긋나지 않게 살아야 하는 게 답답할 때가 있었다. 내 생각을 말할 수 없고 내 마음을 표현할 수 없었다.

모든 면에서 부족하지 않게 해주시려는 어른들의 사랑은 분에 넘칠 때가 많았다. 그런 부모님들이 이제는 팔순을 넘기셨다. 항상 건강하시고 당당한 모습으로 우리와 함께하실 줄만 알았다. 시어머니께서는 올해 84살이 되셨다. 3년 전 한꺼번에 2가지의 큰 수술을 하신 후, 지금은 옆에서 간호해주는 사람이 없으면 안 되는 상태가 되셨다. 시어머니와 가족 모두가 당황스러웠고, 지금도 힘든 상태가 계속 진행되고 있어 노심초사하고 있다.

인생에서 변하지 않는 것은 없다. 10년이면 자연도 변하고 사람도 변한다. 하지만 진정한 사랑은 변하지 않는다는 생각이 든다. 우리 삶에서의 모든 사건과 문제들에 대해 깊이 들어가보면 대부분 결핍에 의해 발생하는 것 같다. 그 결핍의 중심에는 사랑이 깊이 박혀 있다.

내 안을 들여다보면 사랑받고 싶은데 사랑받지 못한 어린 내면 아이가 울고 있다. 그 아이를 인정해주고 사랑해주고 이해해주는 것이 결핍에서 벗어나는 방법이다. 내가 나를 사랑하기까지 걸리는 시간에 조바심을 느끼면 안 된다. 진정으로 가슴 뜨겁게 사랑하는 힘이 생길 때까지 해봐야 한다.

책임지려고 하지 않는
어른들

'꼰대'라는 말은 아랫사람이 기성세대를 비하하는 말로 쓰인다. 꼰대들은 '나 때는 말이야. 나 때는 안 그랬는데'라는 말로 아랫사람을 간섭하고 지적하려는 성향이 있다. 그럼 꼰대가 아닌 어른, 진정한 어른으로 산다는 것은 어떤 것일까?

어른의 사전적 정의는 '다 자라서 자기 일에 책임을 질 수 있는 사람'이다. 무소유 정신의 법정 스님, 무한한 사랑을 주신 김수환 추기경님, 이 시대의 스승이신 이어령 교수님, 권력과 불의에 타협하지 않은 한승헌 변호사님이 생각난다. 우리 사회에 큰 울림을 주신 분들이다. 이타적인 삶을 사신 분들이며, 몸소 행동으로 정의와 사랑을 실천하신 분들이다.

어릴 때 어른은 나이를 먹으면 자연스럽게 되는 것인 줄 알았다. 하지만 막상 내가 어른 나이가 되고 보니, 어릴 때처럼 실수도 잦고, 걱정도 많이 하면서 살아가고 있다. 어른이라고 하기에는 아직 미숙하고 미흡하다. 우리는 어른이 되는 방법을 배운 적이 없다. 스스로 느끼고 터득해야 한다.

유디트 글뤼크(Judith Glück)의 《지혜를 읽는 시간》에서는 어른의 조건이 나이가 아니라 지혜라고 했다. 그럼 지혜란 무엇일까? 지혜는 사물의 이치를 빨리 깨닫고 사물을 정확하게 처리하는 정신적 능력이라 했다. 어른은 무조건 나이가 많은 사람이 아니다. 어떤 문제에 부딪히면 현명하게 대처할 수 있는 지혜로운 사람이 진정한 어른이다. 과거 철학자들의 전유물로 여겨졌던 지혜가 누구에게나 잠재된 전유물이라는 것이다. 지혜도 연습을 통해 가질 수 있다고 한다.

지금의 힘들고 어려운 세상을 바꾸려고 노력하는 어른들이 있는 반면 젊은 세대들에게 책임을 떠넘기려는 어른도 많다. "눈을 낮추고 취업 자리를 알아보면 될 텐데, 배가 불러서 아무것도 하지 않으려 한다"라는 등 청년들에게 모든 책임을 전가한다. 정말 청년 개인의 문제인지, 어른들은 책임이 없는지 질문에 답해주어야 할 때다.

과거에는 좋은 대학을 나와 좋은 직장에 취업하는 게 최고의 삶이라 여겨졌지만, 이제는 달라지고 있다. 많은 젊은 세대가 졸업 후에도 취업이 안 되어 몇 년씩 스펙을 쌓으며 고군분투하고 있다. 이러한 사회 분위기는 젊은 세대의 결혼 기피 현상으로 옮겨졌다. 번듯한 직장이라도 있어야 한다는 관념이 있다 보니, 결혼은 꿈도 못 꾸고 있다.

현실이 이렇다 보니 성년이 된 우리 아이들도 이 문제는 피할 수 없게 되었다. 작은아이 같은 경우, 독립하고 싶다고 생각하고 있지만, 혼자 살게 되면서 감당해야 할 것들이 많으니 엄두가 나지 않는 모양이다. 월세나 각종 세금 등 한 달 기준으로 나가는 돈이 만만치 않으니 쉽게 독립하려는 생각을 못 하는 눈치다.

우리나라의 출산율은 해마다 떨어지고 있는 반면 노령인구는 해마다 늘고 있다. 경제 생산인구는 줄어드는데 노령인구는 증가하는 상황이다 보니 국가 경쟁력이 약해지는 심각한 문제가 발생하게 된다.

TV에서 불임부부에 대해 다룬 방송을 본 적이 있다. 아이를 갖고 싶어 하는 불임부부가 생각보다 많았고, 그 부부들에 대한 정부 지원이 제대로 되고 있지 않은 것을 알게 되었다. 너무 안타까웠다. 불임부부를 적극적으로 지원하는 법이 필요한 것 같다. 그들의 고통을 감소시키는 정책을 인구 감소의 돌파구로 삼을 수는 없는지 생각해보게 되었다.

성년이 된 우리 아이들에게 결혼에 관한 생각을 물어본 적이 있다. 결혼하고 싶다는 생각도 없고, 해야 되는 이유도 모르겠다고 답했다. 혼자 생활하기도 힘든데 다른 누군가와 가정을 꾸리고 산다는 게 아직은 부담스럽다고 말했다. 예전의 우리 때와는 너무도 다른 생각을 가지고 있어

놀랍기도 하고 씁쓸하기도 하다. '어쩌면 우리 부부의 결혼 생활이 행복해 보이지 않아서인가?'라는 자책도 해본다. 딸 눈에 비친 부모 모습을 통해 결혼에 대한 선입견이 만들어졌을 거라 생각한다. 딸은 엄마가 희생만 하는 것 같아 결혼에 대한 환상이 없다고 이야기한 적 있다. 나 또한 딸이 부모의 현실적인 결혼 생활을 보고 자랐기에 쉽지 않다고 생각할 수 있다고 느꼈다. 그래서 아이들에게 결혼에 대해 강요는 못 할 것 같다.

내 주변만 봐도 결혼 안 한 선남선녀들이 많다. 요즘은 결혼을 안 해도 그만이라는 생각을 가진 사람이 많은 것 같다. 오히려 혼자 살며 하고 싶은 것을 하고 자유롭게 여행 다니면서 오롯이 자신한테 투자하고 집중하며 독립적으로 살아가고 있다. 자유로운 영혼 그 자체다. 기혼자인 나는 그런 싱글의 모습이 때로는 부럽기도 하다.

요즘 캥거루족과 함께 '니트족'이라는 신조어가 유행이라고 한다. 경기 침체로 인한 고용 악화 상황 속에서 취업하려고 하는 사람보다는 '니트족(무직 상태이면서 공부도 일도 하지 않는, 일할 의욕이 전혀 없는 상태를 말한다)'으로 생활하려는 청년이 늘고 있는 실정이다.

통계청 국가통계포털(KOSIS)과 마이크로데이터 분석에 따르면, 20대 인구는 계속 줄어들면서 취업자와 실업자 수 모두 감소하고 있다고 한다. 계속된 취업 실패로 구직을 포기하고 은둔형 외톨이가 되는 이들이 많아져 50대 니트족보다 20대 니트족이 늘고 있다고 한다. 이러한 청년들의 문제를 해결하려는 정부의 계획이 발표되고 있다. 각 지방의 자치단체들도 니트족과 청년들의 창업 지원사업을 확대한다고 발표했다. 하지만 얼마나 실효성이 있을지는 의문이다.

아무 노력 없이 나이만 먹는다면 꼰대가 될 가능성이 크다. 꼰대가 되지 않으려면 열린 마음으로 상대를 이해하고 받아들여야 한다. 남을 이해하려는 마음을 가지는 것은 쉽지 않다. 이때껏 살아오면서 나만의 신념과 고집이 크게 자리하고 있기 때문이다. 내가 어떤 것을 중요시하고 놓지 못하고 있는지 자기 성찰이 중요하다. 성찰을 통해 내 감정이 어떠한지도 살펴야 한다.

지혜로운 사람은 자신의 감정을 밖으로 그대로 표출하지 않는다. 하지만 나는 내 감정을 여과 없이 표출하고 살았던 적이 많다. 특히, 가까운 사람들과의 관계에서는 더욱 그랬다. 아이들과의 관계에서 아이의 감정보다는 내 의견이 옳다고 생각한 적이 많다. 하지만 지혜롭게 상황을 대처하기 위해서는 내 감정에 거리를 두고 객관적으로 바라봐야 한다.

아이의 감정을 알아주고 인정해주어야 한다. 그러면 아이와 사이도 훨씬 좋아지고 지혜로운 어른이 될 수 있다. 남의 실수도 너그러이 수용하는 마음 자세를 가지는 것도 중요하다. 사람은 누구나 실수를 할 수 있기에 실수한 것에 대해 넓은 마음으로 포용하는 자세가 필요하다. 내 잘못에 대해서는 인정하고 사과하는 습관이 중요하다.

지혜로운 어른으로 살아간다는 것은 맡은 책임을 다한다는 의미다. 어떤 상황에 부딪히게 되면 책임지려고 하지 않고 전가하는 게 아닌, 반성과 사과를 해야 한다. 나이는 누구나 먹는다. 하지만 그 나이에 맞는 진정한 어른이 되는 것은 개인마다 다르다. 책임과 그에 맞는 행동이 뒤따라야만 '진정한 어른, 책임지는 어른'으로 거듭날 수 있다.

독립하지 못한
어른들

　우리 주변에는 성인이 되어도 부모님과 함께 사는 어른을 볼 수 있다. 이러한 사람을 일컬어 '캥거루족'이라 부르고 있다. 자립할 나이가 되었는데도 부모로부터 경제적 독립을 하지 못하고 기대어 사는 청년들이 늘고 있다. 최근에는 결혼했는데도 불구하고 부모님에게 기대어 사는 경우가 점점 늘어나고 있다고 한다. 이러한 사람을 '신캥거루족'이라고 부른다. 여기서 문제는 캥거루족이 노령화되고 있고, 부모의 노후를 망치는 주범이 된다는 것이다.

　가까운 일본의 경우, 2017년의 통계자료에 의하면 부모와 동거하는 40~50대 미혼자 중 남성은 40%, 여성은 60%가 부모의 경제적 지원을 우선으로 한 생계유지 방법을 선택했다고 한다. 물론 개인마다 사정은 있을 것이다. 이들 중 경제적 문제는 없지만, 본인이 미혼인 관계로 부모님과 동거를 하거나, 부모님의 간병을 위해 동거를 하는 경우도 있다.

친구 중 한 명이 나이가 50이 넘었는데도 결혼을 못 하고 있는 동생이 있다고 했다. 동생은 부모님과 함께 살고 있는데, 부모님이 연로하시고 병을 앓고 있어 간병인으로 함께하는 것이라고 했다. 그러면서 결혼 못 한 동생 장래도 걱정되고 연로하신 부모님의 건강도 걱정된다고 내게 하소연했다.

현재 우리나라는 고령사회를 넘어 초고령사회로 진입했다. 몇 년 전 취업포털사이트에서 조사한 결과를 보면, 전체 대상 3,754명 중 35.7%가 자신이 캥거루족이라 답했다. 일본의 경우와 비슷하다고 볼 수 있다. 이들은 자식들 교육과 결혼에 많은 지원을 하고 수중에 겨우 집 한 채만 남는 경우가 많다고 한다.

우리 부부도 이때껏 아이들 교육비에 많은 돈이 들어갔다. 큰아이는 올해 대학 4학년이라 이번 한 학기만 끝나면 내년에 졸업해서 취업 예정이다. 일본에서 유학 중인데, 다행히 원하는 기업에 취업이 되어 들뜬 마음으로 졸업과 취업을 기다리고 있다. 작은아이는 올해 미술대학을 졸업하고 작가로 활동할 예정이다. 두 아이에게 들어간 교육비가 만만치 않다. 그나마 다행인 것은 아이들이 우리 부부에게 기대려고 하지 않는다는 점이다.

우리 부부도(남편의 퇴직도 얼마 남지 않은 터라) 노후 걱정을 안 할 수 없다. 퇴직 후에도 노후를 위해 계속 경제활동을 해야 할 것 같다. 노인 빈곤층으로 전락하지 않으려면 대책을 세워야 한다. 그러나 생각해봐도 아직 특별히 그림이 그려지지 않는다. 아이들에게 기대고 싶지 않다. 아이들에게 짐이 아닌 힘이 되어주고 싶다.

일본 사회에서 큰 문제가 되었는데, 부모와 같이 생활하던 자식이 부모가 세상을 떠나도 사망신고를 하지 않는 경우가 있다고 한다. 경제활동을 하지 않고 부모 밑에 기대에 살면서 자식도 고령화되어간다는 것이 큰 문제다. 그 자식은 부모의 죽음으로 더 이상 연금을 받을 수 없게 된다는 사실이 두려워 부모의 죽음을 숨기는 그런 비참한 현실이 발생하고 있다. 너무나 무서운 이야기가 아닐 수 없다. 우리도 일본과 함께 고령화 사회에 진입했으므로 이러한 일들이 더 이상 남의 이야기가 아닐 수 있다.

부모님과 가까이 살다 보니 나도 부모님에게 의지를 많이 하는 편이다. 아무래도 엄마의 음식은 아직 포기할 수가 없다. 결혼과 동시에 부모님과 20년 넘게 떨어져 살면서 엄마의 음식이 그리웠다. 음식 솜씨가 좋은 엄마의 음식을 먹는다는 것은 단순히 밥을 먹는 게 아니다. 엄마의 사랑을 먹는 셈이다. 객지에 있으면서 아플 때 특히 엄마 음식이 그리웠는데 가까이 살면서 엄마의 음식을 먹을 수 있어 너무 좋다. 건강이 좋지 않은 엄마가 해주시면 미안하기도 하지만, 엄마의 사랑이 함께하는 거라 맛있고, 감사하다. 언제까지 엄마 음식을 먹을 수 있을지 모르겠지만, 엄마가 해주는 음식은 사랑 그 자체다.

우리 아이들도 내가 한 음식을 좋아한다. 엄마의 손맛을 닮았는지 음식 잘한다는 소리를 종종 듣는다. 아이들은 내가 해준 음식이 맛있을 때는 "엄마, 너무 맛있어요! 이거 팔아도 되겠어요"라고 말해준다. 아이들의 칭찬에 굉장히 뿌듯해진다.

겨울이 되면 엄마는 어김없이 김장을 한다. 김장은 손이 많이 가는 대표적 음식이다. 엄마는 마늘, 생강, 양파, 파, 젓갈 등 김치 안에 들어가는 속 재료를 일일이 손수 다 장만하신다. 힘드니까 재료만이라도 완성품을 사면 어떻겠느냐고 여쭤봤다. 하지만 엄마는 직접 장만해야 안심이 되고 음식이 맛있다고 하시니 어쩔 수가 없었다. 아버지와 함께 두 분이 손수 다 마련하신다. 건강도 안 좋으신데 김치만은 그냥 사 먹자고 했지만, 사 먹는 김치는 맛이 없다고 하신다. 자식들은 바쁘다고 도와드리지 못하고, 부모님 두 분이서만 하는 경우가 많다. 부모님이 직접 담은 김치는 그 자체로 꿀맛이고 사랑이다.

지금은 친정 김치를 가져오지만, 시어머니께서 건강이 좋으실 때는 시어머니께서 항상 김치를 담아 택배로 보내주셨다. 시어머니는 평소에 알뜰하게 우리를 챙겨주셨다. 시어머니께서도 항상 김치, 된장, 고추장 등 모든 음식과 재료를 직접 만드셨다. 만드신 후 택배로 보내주시면 우리는 편하게 그냥 주시는 대로 먹었다.

부모님과 떨어져 살 때 2~3번은 내가 김치를 직접 만들어 먹은 적도 있다. 시장에서 4~5포기 배추를 사다가 집에서 만들어봤다. 생각보다 힘이 많이 들었지만, 맛은 그런대로 괜찮았다. 하지만 부모님들이 해주시는 김치 맛은 따라갈 수가 없었다. 그때 알았다. 김치 만드는 게 쉽지 않다는 것을.

우리는 결혼하고도 시댁으로부터 지원을 받았다. 남편의 월급이 많지 않은 터라 힘든 상황에 부딪히거나 할 때면 부모님의 지원으로 쉽게 잘 넘어갈 수 있었다. 부모님께 감사함을 느끼며 우리는 부모님께 최선을 다하려고 노력했다. 그런 노력을 부모님께서도 아시고 고마워하셨다. 그렇게 지극정성으로 자식에게 헌신한 부모님의 건강이 지금은 많이 안 좋으시다. 자식 입장에서 아픈 부모님께 해드릴 게 별로 없다는 것이 죄송하다. 우리 부부는 결혼하고 부모님으로부터 독립하지 못한 어른으로 살았다. 하지만 지금은 완전히 독립한 상태로 살고 있다. 부모님의 정성과 사랑이 살아오면서 힘이 많이 되었다. 시련이 닥쳐올 때도 부모님의 사랑이 있었기에 극복할 수 있었다. 우리 아이들에게는 우리 부모님이 한 것처럼은 해줄 수 없을 것 같다. 우리는 부모님보다 능력도 안 되고 아이들도 크게 원하지 않기 때문이다.

우리 사회에 캥거루족, 니트족 등의 신조어가 생겨난 이유는 개인의 문제도 있겠지만 사회현상에 있다고 본다. IMF를 거치면서 많은 게 변했다. 예전에는 대학을 나와 직장에 취업만 하면 노후는 보장되는 그런 삶을 살았다. 하지만 지금은 대학을 나와도 취업이 안 되는 힘든 시대다. 남편도 결혼 전부터 다니던 대기업을 평생직장이라 생각했으나, 현실은 그렇지 못했다. 지금은 대기업에 힘겹게 들어가도 정년이 보장되지 않는다. 구조조정, 권고사직, 희망퇴직 등으로 언제 그만두게 될지 모르는 세상이 되었다. 상시 불안한 미래가 우리 앞에 펼쳐지고 있다. 이런 불투명한 미래를 살아가는 게 쉽지 않다.

중년의 무게감

'중년은 언제부터 시작해서 언제까지라 생각하시나요?'라고 묻는다면, 나는 40대에서 시작해 50대, 60대까지라고 생각한다. 나는 지방에 살고 있기에 중년과 노년이 대부분이다. 청년을 찾아보기 어렵다. 그러다 한 번씩 서울에 가면 내가 사는 곳과의 차이를 확 느낄 수 있다. 서울은 어디서든 젊은 청년들을 많이 볼 수 있지만 내가 사는 지방은 그렇지 않다. 취업자리가 많지 않으니 많은 젊은이가 대학 졸업 후, 서울이나 인근의 도시로 쏠리고 있는 현상이 두드러지고 있다.

마음은 아직 20대인데 나이는 벌써 중년이 되었다는 게 실감이 안 날 때가 있다. 하지만 내가 원하든 원치 않든 중년을 맞이하게 되었다. 싱그럽고 풋풋한 청년 시절을 지나 우리는 인생의 중반에 도달해 있다. '중년'이라는 단어는 가벼운 느낌은 아니다. 묵직한 무게감이 느껴지는 단어다. 중년의 삶도 마찬가지다. 사회나 가정에서 책임져야 할 일을 많이 떠안고 있고, 그 무게에 짓눌려 힘들게 살고 있다.

한때 '꽃중년'이라는 말이 유행한 적이 있다. 중후한 매력의 배우들이 안정되고 탄탄한 연기를 펼치며 인기를 끌었던 적이 있다. 아이돌에게서는 볼 수 없는 중년의 매력이 안방극장의 시청자들을 끌어들였다. 그렇게 중년이 대세로 떠올랐다. 사람들은 나이가 들어도 1살이라도 어려 보이기를 원한다. 그래서 "동안이시네요"라는 말을 들으면 왠지 기분이 좋아진다. '동안'이라는 말은 건강하게 잘 살고 있다는 느낌을 가지게 한다. 나이 들어도 자기관리를 잘한 사람을 보면 멋있어 보이고 존경의 눈으로 보게 된다.

중년이 되면 호르몬의 변화로 살이 찌기 쉬운 체질로 변한다. 특히 뱃살로 고민이 많아진다. 조금만 먹어도 금방 살이 붙어서 걱정은 되지만 맛있는 음식 앞에서는 정신을 잃게 된다. 중년에는 제일 조심하고 주의해야 하는 게 건강이다.

남편은 나보다 4살이 많다. 결혼 전에도 덩치가 있었는데, 나이가 들어가면서 점점 근육은 빠지고 뱃살이 걷잡을 수 없을 정도로 순식간에 늘어났다. 주말부부라 혼자 식사를 챙겨 먹어야 하니 그저 배고픔에 배를 채우기 바빠 영양가 있는 제대로 된 식사를 하기가 어렵다. 그러다 보니 점점 배가 나오면서 건강이 안 좋아지기 시작했다. 건강검진에서 '혈관 3고'라는 진단을 받았다. '혈관 3고'는 고혈압, 고지혈증, 고혈당을 말한다. 하지만 빵을 너무 좋아하는 남편은 주의해야 할 것들에 대해 크게 신경 쓰지 않는 것 같았다. 건강을 생각해서 밀가루 음식은 가능하면 덜 먹어야 한다고 말하면 한 귀로 듣고 한 귀로 흘려버린다. 다 큰 어른을 따라다니면서 일일이 챙겨줄 수도 없고 본인의 건강을 안 챙기는 남편이 답답했다.

나는 예전보다 체중이 6~7kg가 빠졌다. 위가 안 좋다 보니 음식을 많이 못 먹는다. 한 숟가락이라도 더 먹으면 쉽게 체하니 덜 먹는 게 소화도 잘되어서 배부르지 않게 먹는다. 젊었을 때는 소화제를 먹지 않아도 소화를 잘 시켰는데 중년의 나이가 되니, 위와 장의 능력이 저하되었다. 건강이 갑작스럽게 안 좋아질 거라고는 생각도 못 했다.

아이들 키워놓고 마음대로 여행 다니면서 자유로운 영혼으로 살려고 했는데, 위가 좋지 않아 음식을 마음대로 못 먹으니, 자유롭게 다닐 수가 없다. 바깥 음식을 먹지 못하니 항상 집에서만 식사해야 했다. 처음에는 많이 힘들고 갑갑했는데, 지금은 요령이 생겨 도시락을 싸 가지고 다니면서 내가 좋아하는 여행을 하고 있다. 이렇게라도 여행을 할 수 있다는 것에 기쁘고, 감사하다.

젊었을 때는 남편과 다투거나 싸우고 난 후, 주로 남편 쪽에서 사과했다. 남편이 사과하면 나는 남편의 잘못한 점에 대해 분석하려는 경향이 있었다. 돌이켜 생각하면 정말 피곤하게 살았던 것 같다. 그때는 그렇게 하는 게 맞다고 생각했다. 하지만 지금은 싸울 일도 별로 없고 주말부부라 자주 못 보는 남편이 애틋하고 짠하다. 반찬 하나라도 더 챙겨주고 싶고, 편하게 해주고 싶은 마음이 있다. 서로가 함께했을 때 잘못한 것을 반성하게 되었다는 이야기를 하면서 사랑을 확인하는 계기가 되었다.

한번은 남편한테 "당신은 만약 20대로 돌아간다면 어떤 것을 하고 싶어?"라고 물어본 적이 있다. 남편이 예상외의 답을 했다. "당신한테 잘해주고 싶어"라고 말했다. 남편의 말을 듣는 순간 말문이 막혔다. 10초 정도의 정적이 흘렀다. "…정말…? 어떻게 그런 생각을 했어?"라고 물으니, 남편은 "예전에 당신한테 잘못한 게 많아서 다시 예전으로 돌아가면 잘해주고 싶어"라고 했다. 남편의 고백에 마음 깊은 곳에서 잔잔한 감동이 밀려왔다. 남편이 예전의 일들을 마음에 담아두고 있는 줄 몰랐다. 남편이 과거에 대해 미안한 마음을 가지고 있는 것을 알고 나니, 지난 과거의 상처가 많이 희석되는 듯했다.

중년이 되면 살아온 세월만큼 무거운 삶의 짐을 짊어지고 살아간다. 그 짐은 모두 내 것이 아닐 수도 있다. 다시 말해, 내려놓아도 되는 짐까지도 같이 지고 있는 경우가 있다. 중년이 되면 짐도 풀어서 내려놓고 비워내야 한다. 언제까지나 지고 갈 수는 없다.

켜켜이 쌓여 있는 상처와 아픔들이 중년이 되면서 하나씩 희석되고 풀어지는 것을 느낄 수 있다. 내가 이런 느낌과 감정을 가질 수 있었던 것은 '감사함'을 알고부터다. 그전에는 감사함보다는 당연하다고 생각한 게 많다. 그러다 보니 당연한 것들이 안 될 때는 스트레스를 많이 받았다. 감사함을 알고 나니, 한 번 더 생각하게 되고 상대방에 대한 이해심도 생긴다.

중년이라고 무겁게 살 필요는 없다. 뭐 일부러 무겁게 살려고 하는 사람은 없겠지만, 하고 싶은 것을 하고 살아야 한다는 것이다. 가족에 대한 부담감을 내려놓을 필요는 있을 것 같다. 엄마들은 보통 자식과 남편을 먼저 챙긴다. 나보다는 가족이 우선이다. 내가 그렇게 살았고 나를 희생하며 아등바등 살았다. 물론 열심히 성실히 산 것에 대해 가족들이 인정해주면 감사하다. 만약 가족들이 당연시한다면 굳이 희생하면서 챙길 필요는 없을 것 같다. 엄마도 때로는 이기적이어야 한다. 먼저 내가 행복해야 가족에게 행복 바이러스가 전파된다. 그런 측면에서 제일 행복해야 할 사람은 엄마다. 엄마가 행복하면 가정의 분위기가 달라진다. 엄마의 행복한 모습은 그대로 아이들에게 전달된다. 아이를 행복한 아이로 키우고 싶으면 엄마인 내가 먼저 행복하라고 말하고 싶다.

중년에 아이들을 키워놓은 엄마들이 '빈 둥지 증후군'을 느끼지 않으려면 미리미리 혼자서도 충분히 즐길 수 있는 것을 찾아야 한다. 막상 아이들이 떠나고 나면 우울감이 많이 남는다. 더 이상 내가 에너지를 쏟을 곳이 없으니, 우울해지는 것이다. 엄마도 독립적으로 아이들에게 기대지 않고 살아야 한다. 정신적으로 독립해야 한다. 예전에는 남편과 안 좋았던 일을 아이들에게 말하곤 했다. 돌이켜 보면 옳지 못한 행동이었던 것 같다. 굳이 아이들에게 아빠와 안 좋았던 일을 말할 필요가 없다. 부부 문제는 부부가 풀고 해결해야 할 문제지, 아이들과 공유할 필요는 없는 것이다. 성숙한 어른으로서 행동해야 했다.

평균 수명이 늘어났고 아직 살아갈 날이 많이 남았다. 미래에는 어떤 세상이 펼쳐질지 모른다. 다가올 미래를 즐기려면 지금부터 내가 좋아하는 것, 잘하는 것을 찾는 것도 중요하다. 젊은 청년들만 미래를 향한 꿈을 좇아야 하는 것은 아니다. 중년이라고 무게 잡을 이유도 없고 마음을 가볍게 하면서 내가 어떤 것을 할 때 기분이 좋은지 찾고 알아가는 게 중요하다.

3장

중년에 깨달은 삶의 비밀들

행복한 아이가
행복한 어른이 된다

인생을 살면서 행복했던 순간을 떠올려보면 가족과 함께했던 시간이었다고 말할 수 있다. 시골살이를 할 때 아이들과 집 뒤의 나지막한 산에 자주 갔었다. 산에 올라가는 길가에는 빨간 산딸기가 빼꼼히 얼굴을 내밀고 있었고, 그 조그맣고 앙증맞은 산딸기를 따 먹으면서 아이들과 함께 맛있다고 좋아했던 기억이 있다. 산 정상에 올라 다람쥐 통바퀴처럼 생긴 운동기구에 두 발을 딛고 올라가 신나게 굴리며 좋아했었다. 산에 있는 곤충과 벌레를 무서움의 대상으로 보는 것이 아니라 함께하며 친구처럼 좋아했다.

산에는 많은 벌레가 있었지만 아이들은 유난히 자벌레를 좋아했다. 작은 자벌레가 꼬물꼬물 기어가는 것을 보고 신기해하고 귀여워했다. 자벌레는 연한 연둣빛과 나뭇가지 색과 비슷한 나무색을 띠고 있다. 몸을 고리처럼 동그랗게 말아 힘껏 움츠렸다 펴면, 많이 가도 1cm 정도밖에 못

간다. 아이들은 그런 자벌레의 몸놀림이 귀엽고 사랑스럽다고 느끼는 것 같았다.

자벌레를 영어로 'Geometer'라고 한다. 'Geo'는 지구를 뜻하는 단어고 'meter'는 계량기, 즉 '계량기로 재다'는 뜻이 있다. 이 작고 앙증맞은 벌레가 지구를 재는 중인 것이다. 아이들은 손바닥에도 올려서 살펴보고 팔에도 올려보면서 자벌레가 기어가는 감촉이 간지럼 태우는 것 같다고 좋아하면서 웃고 난리가 난다. 아이들의 웃음소리에 나도 미소가 지어진다. "그렇게 재미있고 좋아?"라고 물으면 아이들은 깔깔깔 웃으며 재미있다고 한다.

여름에 아이들과 캠핑 갔을 때가 생각이 많이 난다. 캠핑을 가기 위해서는 준비할 게 많다. 며칠 동안 먹을 음식들과 텐트 안에서 자야 하므로 잠자리에 필요한 것 등 하나부터 열까지 모든 것들을 챙겨가야 한다. 짐이 엄청나게 많아진다. 텐트를 비롯해 이불, 옷, 음식 등 차 트렁크에 한가득 채워 들뜨고 즐거운 마음으로 목적지를 향해 출발한다.

캠핑하면 자연을 좀 더 가까이에서 느끼고 즐길 수 있다. 물론 시골 생활을 하고 있었고 주변이 자연환경으로 둘러싸여 있어 자연을 쉽게 접할 수 있지만, 가족 모두가 시간을 내 야외에서 맛있는 것을 먹으면서 즐겁게 보낼 수 있는 시간을 가지면 행복이 배가 된다. 남편은 직장에서 쌓였던 스트레스를 풀 수 있는 시간이고, 아이들은 학교와 유치원을 벗어나 자유롭게 놀 수 있는 시간이라 더 즐겁다. 가족이 모두 쉼을 통한 힐링하는 시간을 갖는 것이다.

따뜻한 남쪽 지방에 살았던 나는 겨울에 눈 구경한 적이 손에 꼽을 정도였다. 시골 생활을 하며 눈을 마음껏 볼 수 있다는 것은 좋았다. 눈이 오면 아이들은 집 뒤 언덕에 올라 비닐포대로 미끄럼을 타고 논다. 몇 번을 왔다 갔다 하며 지칠 법도 한데 소리를 지르며 즐거워한다. 큰 다리 밑 하천은 겨울이 되면 꽁꽁 얼어 얼음이 된다. 얼음이 생기면 거긴 동네 아이들의 썰매장이 된다. 아이들은 아빠가 끌어주는 썰매를 타며 즐거운 시간을 보낸다. 얼굴과 손이 빨갛게 될 정도로 추운 날에도 아이들은 신이 나서 놀았다.

아이들은 성인이 되었어도 어릴 때 자연과 함께하며 즐기며 놀았던 시간을 소중하게 생각한다. 시골 생활했을 때 즐겁게 놀았던 일들이 한 번씩 꿈에 나온다고 했다. 꿈 이야기를 하면서 좋았다고 미소를 짓는다. 자연이 아이들의 정서적 안정감에 많은 도움을 주었다.

서울에 살 때는 주로 영화관에서 영화를 보면서 가족이 함께하는 시간을 가졌다. 가족 모두가 영화 보는 것을 좋아해서 영화 보러 자주 갔다. 대부분 조조영화를 많이 봤는데, 조조영화가 좀 더 저렴하기도 하고 항상 바쁜 아빠와 시간을 조금이라도 더 보내고 싶은 마음에 제일 이른 시간의 영화를 보러 갔다. 영화를 다 보고 나오면 배가 무척 고팠다. 그러면 같은 건물 쇼핑몰의 피자헛에서 아침 겸 점심을 해결한다. 아이들은 그 시간을 너무 좋아했다. 좋아하는 피자를 배부르게 먹으며 바쁜 아빠와의 귀한 시간을 함께 보낼 수 있으니, 얼마나 행복한가.

큰아이가 재수 생활을 끝내고 나는 작은아이와 셋이서 가까운 옆 나라 일본으로 첫 해외여행을 갔다. 남편 없이 아이들과 셋이서 하는 해외여행은 처음이라 가까운 곳을 선택했다. 일본의 북단에 있는 섬 홋카이도에 갔다.

영화 〈러브레터〉 촬영지로 유명한 오타루의 낭만을 느껴보고 싶어 선택한 여행지였다. 자유 여행이다 보니 일정도 직접 계획을 세워야 했고, 여러 가지 준비할 것들이 많았다. 그렇게 아이들과 함께 숙소를 예약하고 3박 4일 일정을 짰다. 떠나기 전부터 설레고 기분이 좋았다. 재수 생활을 하는 동안 제일 힘들었던 것은 당사자인 큰아이겠지만, 나 또한 신경을 많이 썼던 터라 힘이 많이 들었고 지쳐 있었다. 애쓰고 노력한 만큼 결과는 신의 뜻이라 생각하고 편한 마음으로 출발했다.

홋카이도 신치토세 공항에 도착해 호텔에 짐을 풀고 시내로 나왔다. 거리에는 눈이 많이 쌓여 있었다. 바람이 불지 않아 겨울인데도 그다지 춥지 않아 좋았다. 둘째 날은 기차를 타고 기대가 컸던 오타루에 갔다. 기차가 해안선을 따라간 덕분에 생각지도 못한 바다 풍경이 펼쳐졌다. 일본에서 눈 내리는 바다를 본다는 것이 꽤 낭만 있고 좋았다. 기차에서 내리니 삿

포로와는 다르게 몹시 추웠다. 길가에는 눈도 엄청나게 쌓여 있었고, 바람도 불었다. 생각지도 못한 날씨가 우리의 여행길을 힘들게 했다.

추운 날씨로 인해 휴대폰이 먹통이 되면서 길을 찾을 수가 없었다. 어떻게 해야 할지 난감했다. 난감해하던 차에 용기를 내어 현지인에게 길을 물었다. 그런데 현지인이 알려주는 대로 찾아가기도 쉽지 않았다. 너무 많은 눈이 왔었던 터라 인도와 차도가 구분되지 않았다. 그렇게 힘들게 오타루에서 유명한 오르골 관을 갈 수 있었다.

아름답고 영롱한 오르골 소리와 다양한 오르골로 인해 순간 여기가 천국인가 하는 착각이 들었다. 눈과 귀가 황홀해지는 순간이었다. 그렇게 오르골 관을 구경하고 오타루 운하로 향했다. 그런데 역시나 길을 찾아가는 게 쉽지 않았다. 또다시 현지인에게 물어 간신히 찾아갈 수 있었다. 도착하니 해가 다 지고 깜깜했다. 밤이 되니 날은 더 추웠다. 추운 날씨에 너무 많이 걸어 다리와 발이 아팠다. 그래도 꼭 가고 싶은 마음에 포기하지 않고 오타루 운하로 향했다.

눈이 덮인 겨울 야경과 함께 오타루 운하는 굉장히 예뻤다. 붉은색을 띤 조명과 불빛이 오타루 운하의 낭만을 한층 더 느끼게 해주었다. 추운 날씨에 많이 걷고 길 찾느라 힘은 들었지만, 아이들과 잊지 못할 추억을 만들었다. 이틀 더 스케줄을 소화하면서 아이들과의 첫 해외여행을 행복하게 잘 다녀왔다.

아이들과 홋카이도 여행을 한 지 벌써 10년이 다 되어간다. 추운 겨울 날씨에 고생을 많이 했던 기억이 있지만, 아이들은 그 여행이 너무 행복했고 지금도 가슴에 깊이 남아 있다고 한다. 우리는 인생을 살아가면서 힘든 일에 좌절하고 포기하고 싶을 때가 있다. 그때는 지난날 행복했던 추억을 떠올리며 힘든 시간을 견뎌내는 자양분으로 삼았으면 좋겠다. 나는 아이들에게 여행을 통해 행복하게 사는 법을 가르쳐주었다. 아이들은 가르침을 받고 분명 행복해하지 않았을까 생각된다.

잘 살기 위한
연습이 필요하다

나에게는 10년 넘는 친목 모임이 2개가 있다. 그중에 하나가 '숙자매' 모임이다. 다소 세련된 맛은 없지만, 멤버들 이름에 우연히도 모두 '숙' 자가 들어가 있어 그렇게 지었다. 서울 생활을 할 때 문화센터 '재즈 피아노' 수업에서 만난 인연으로 만든 모임이다.

모두 나보다 나이가 많은 언니들이지만 우리는 나이를 불문하고 '재즈 피아노'를 배우기 위해 함께했다. 모임을 거듭하면서 점점 개인사도 알게 되고 서로에 대한 애정과 사랑이 돈독해지게 되었다. 가까운 곳에 여행도 함께 가고 서로 집안에 중요한 행사가 있을 때는 꼭 참석해 힘을 보태주었다.

서울에 한 번씩 갈 때면 '숙자매' 언니들을 만난다. 모임에는 유난히 재미있고 입담이 좋은 I언니가 있는데, 언니 덕분에 우리는 만나면 배꼽을 잡는다. 언니는 우리 모임의 활력소다. 하지만 한동안 I언니에게 힘든 시기가 있었다. 집안에 힘든 일이 한꺼번에 겹친 데다 건강까지 좋지 않아 모임에 못 나오기도 했다. 밝고 긍정적인 언니가 너무 힘들었는지 우울증까지 앓게 되었다. 많이 안타깝고 속상했다. 언니가 특유의 긍정에너지로 힘든 과정을 조금씩 극복하고 있고, 요즘은 많이 좋아진 것 같아 마음이 놓인다.

나는 아이들을 키우며 전업주부로 살았다. 워킹맘이 아니기에 아이들과 함께하는 시간이 많았다. 모든 것을 가족 중심으로 움직이고 나 자신은 뒷전에 두었다. 가족을 위해 장 보고 음식을 만들고, 빨래, 청소, 아이 교육, 집안의 대소사 등 집안의 소소한 일부터 크고 작은 일까지 모두 내 손을 거치지 않으면 안 되었다. 가족을 위한 책임감과 의무감이 컸기에 뭐든지 직접 해야 한다는 강박증이 있었다.

특히, 가족이 먹는 음식은 내가 직접 하는 것을 원칙으로 했다. 인스턴트는 멀리하고 좋은 것만 먹이려고 애썼다. 돌이켜 보면 왜 그렇게 아등바등 살았는지 모르겠다. 몸이 힘들거나 하기 싫은 날에는 밖에서 사 먹거나, 시켜 먹어도 될 것을, 왜 그리 집착하다시피 손수 하려고 했는지 모르겠다. 그때는 그게 최선이라 생각했다. 또한 마음으로는 아이들을 자유롭게 키우고 싶었지만 현실은 그렇지 않았다. 혹시라도 내 판단이 잘못되어 아이를 망치는 것은 아닌지, 노심초사하며 살았던 것 같다.

가족이 모두 나가고 여유로운 시간이 생겨 혼자만의 티타임 시간을 가졌다. 그런 시간이 되면 문득, '나는 단지 식구들 뒤치다꺼리를 하려고 태어나고 여태껏 사는 것인가?' 하는 생각이 들었다. 허무함이 밀려오고 '내가 진정으로 원하는 것은 무엇일까?', '내 꿈은 어떤 것이었지?' 하고 스스로에게 묻게 된다. 결혼과 동시에 꿈은 사라지고 없어졌다. 그럼 결혼 전 꿈은 무엇이었는지, 한참을 더듬어본다.

　아이들을 키우면서 나도 아이와 함께 성장하는 것 같다. 매 순간 행복하고 좋았다고는 말할 수 없지만, 엄마로서 어른으로서 나의 분신인 아이들을 잘 키우려고 애써왔다. 종종 나의 외로웠던 어린 시절을 아이들에게 느끼게 해주고 싶지 않아 노력하고 애썼던 일들이 오히려 아이들에게 부담이 되었던 것은 아닐지 걱정도 되지만, 아이들이 엄마가 자신들을 위해 애쓰고 노력했다는 사실을 알아주고 인정해준다면 그보다 더한 기쁨이 어디 있으랴.

　어른으로 산다는 것은 내가 가진 것에 책임을 다한다는 것이다. 내가 처음 어른이 되었다고 느꼈던 것은 남편을 만나 결혼해서 한 가정을 꾸리고 아이를 낳고 키우면서였다. 나 이외의 존재를 책임져야 한다는 것을 현실로 확인하고 나서부터 어른이 되었다는 것을 피부로 느꼈다. 책임감과 의무감을 다해야 한다는 사실은 아무도 말해주지 않아도 자연스럽게 알게 되는 것 같다.

아이 때는 먹는 것만 해결되면 큰 걱정이 없다. 어른처럼 경제를 걱정하거나 사람관계로 힘들어하는 것이 아니니, 걱정과 어려움에서 벗어날 수 있다. 걱정 없는 아이 때로 돌아가고 싶은 마음도 종종 든다. 우리는 준비하고 어른이 된 것이 아니다. 어쩌다 보니 어른이 된 것이다. 어쩌다 보니 결혼을 하고 아이를 낳고 키우며 살아가고 있다. 우리의 인생이 계획대로 되지 않는다는 것을 느끼게 한다.

우리는 어떻게 살아야 잘 사는 것일까? 잘 산다는 것은 어떤 것일까? 이에 대한 답을 해보면 본인이 원하는 삶을 살아갈 때, 신체적·정신적으로 건강하게 살면서 남과 나누는 삶을 살 때, 명예를 누리며 살아갈 때, 부귀영화를 누리며 살아갈 때 등 사람마다 잘 산다는 기준은 다른 것 같다. 하지만 내가 아닌 타인의 기준에 맞추려고 한다면, 결코 행복한 삶은 아닌 것 같다.

내 인생의 주인공은 나 자신인데, 우리는 타인의 눈을 의식하고, 타인의 말에 많은 신경을 쓰고, 타인의 판단기준에 맞추며 살아간다. 이렇게 내가 아닌 타인을 의식하고 살다 보면 내 마음의 감정 상태에 집중하지 못하고 타인에게 휘둘리는 삶을 살아가게 된다. 나 역시 나 자신에게 초점을 맞추지 않고 타인에게 맞추면서 살았던 것 같다. 그래서 힘들었던 게 아닌가 싶다.

우리는 행복해지려고 시간과 돈을 쓰면서 많은 노력을 기울인다. 자신의 결핍과 부족한 점을 메꾸기 위해 끊임없이 노력한다. 내가 살이 좀 더 빠지면, 내가 좀 더 예뻐지면, 내가 좀 더 똑똑하면 사람들에게 인정받고 나를 좀 더 좋아해주지 않을까 하는 생각을 하곤 한다. 그런 생각들이 지나치게 되면 스스로를 파괴하기까지 한다.

나는 스스로 강박증을 가지고 있었다. 실수하지 않으려 애썼고, 실수를 하면 나를 자책하곤 했다. '나는 왜 이렇게 예민한가?', '나는 왜 이것도 못 하지?', '나는 왜 이런 실수를 하지?' 등등 좌절감을 느끼며 내 낮은 자존감에 대해 자책하는 일이 많았다.

어린 시절, 나는 자신을 굉장히 못난 사람으로 생각했다. 잘하는 것 하나 없는 몹시 못난 사람으로 나 자신을 규정 짓고 살았다. 그러니 매사에 주눅 들어 있었고 자신감도 부족했다. 싫은 것을 싫다고 말 못 하고 좋은 것을 좋다고 잘 표현하지 못했다. 하지만 내가 생각했던 것이 사실이 아니라는 것을 알게 되면서 많은 변화가 일어났다.

나는 이 세상에 하나뿐인 존재고 특별하고 소중한 존재라는 것을 깨닫게 되었다. 이것은 누가 알려준다고 알 수 있는 게 아니다. 힘든 상황을 겪고 내가 변해야 한다는 것을 느끼니 가능해진 것이다. 우리의 인생은 힘든 순간의 연속이다. 힘든 과정을 벗어나면 행복이 오기도 하지만, 또 다른 문제가 생기면서 끊임없이 인생의 파도가 밀려온다. 밀려오는 파도를 피할 수만은 없다. 옷이 젖더라도 물에 들어가야 한다. 들어가서 물의 온도도 느끼고 물장구도 치며 서핑도 타고 마주하며 즐겨야 한다.

잃어버린 열정
되찾아보기

아이들을 한창 키울 때는 열정을 가지고 하나라도 더 좋은 것을 보여주고 경험시켜주려고 애쓰며 살았다. 30~40대가 내 인생에서 제일 열정적으로 살았던 것 같다. 지금은 아이들이 성인이 되어 예전처럼 열정을 쏟아야 할 일이 없어져버렸다. 그동안은 가족들 챙기느라 나를 잘 돌보지 못했다. 하지만 지금은 인생에서 바쁜 여정이 어느 정도 지났기에 나에게 집중하면서 나를 새로 알아가는 작업을 시작했다. 다시 예전의 설렘과 열정이 스멀스멀 올라오고 있다.

최근에 글을 쓰게 되면서 내 안에 잠자고 있던 열정이 깨어나고 있다. 글을 쓰면서 과거의 나를 돌아보는 시간을 갖는다. 과거의 아픈 기억이 지금의 나를 더 단단하게 만들었다고 생각한다. 과거의 나는 끝이 없을 것 같은 어두운 터널 속에 갇혀 한 발짝도 떼지 못하고 오롯이 그 어둠과 막막함을 견뎌야 했다. 그 힘든 시절을 견뎌낼 수 있었던 나 자신의 끈기와 용기를 칭찬해주고 싶다. 나의 과거에 감사한다. 과거를 견뎠기에 지금의 내가 있다고 생각한다.

나는 이제 내가 하고 싶은 말을 할 수 있게 되었다. 남들 눈치를 보면서 평생을 살았는데 이제는 내 목소리를 내고, 내 생각과 느낌을 표현할 수 있게 되었다. 내가 하고 싶은 말을 글로 표현하면서 진정으로 내 인생의 주인공이 된 것이다.

글을 쓰면서 나를 객관적으로 돌아볼 수 있는 시간을 가지게 되었다. 지난날 엄마와의 관계를 돌이켜 보며 참 눈물이 많이 났다. 그때 그 느낌을 마음속 깊이 간직하고 있는 어린 나를 마주하면서 이제는 나의 아픈 과거와 이별하는 시간을 가지게 되었다.

지금은 엄마에게 감사하다. 엄마가 내 엄마인 것에 감사하다. 엄마는 나보다 더 어린 나이에 결혼하고 자식을 낳고 집안 살림에 아빠 사업까지 도우면서 생활하셨다. 어린 나이에 많이 힘드셨을 텐데 내색하지 않고 모든 일을 다 해내셨다.

나를 돌아보는 시간을 가지면서 엄마 인생 또한, 훌륭하고 가치 있다는 것을 새삼 깨닫게 되었다. 엄마를 좀 더 이해하고 사랑하는 마음이 생겼다. 그동안 내 상처와 아픔만 생각했지, 엄마를 제대로 챙겨드리지 못했다. 엄마가 살아계시는 동안 더 많이 사랑하고 표현하고 아껴드리고 싶다.

그런데 막상 엄마를 보면 내 마음과 달리 잘 표현하지 못하고 어색할 때가 많다. 어색함을 푸는 것도 연습이 필요한 것 같다. 한 번에 잘되지 않는다는 것을 알기에 계속해서 노력해야 할 것 같다.

《내면소통》의 김주환 교수님은 마음 근력도 반복적 훈련을 통해 노력하면 강화될 수 있다고 한다. 먼저 목표를 세워 꾸준히 노력하면 자기 조절력도, 대인관계도 발전시킬 수 있다고 한다. 마음 근력이 강화되면 도전정신과 회복탄력성 또한 지니게 되어 실패에 대한 두려움도 극복할 수 있다.

나의 마음 근력은 여러 시련을 통해 만들어졌다. 우리는 시련을 실패로 생각할 때도 있다. 시련이 오면 끝났다고 망했다고 생각하고 더 이상 좋아지지 않는 상황만 생각한다. 게다가 부정적인 생각에 휩싸여 쉽게 포기해버리는 경우도 발생한다. 더 이상 상황을 바꿀 수 없다는 절망감에 압도되어 자신을 낙오자로 폄하해버리는 실수를 범한다. 자신의 가치를 본인이 낮게 평가해버린다. 그것은 너무 안타까운 일이다.

사실 자신을 제일 사랑하고 자신의 가치를 제일 잘 아는 사람은 자기 자신이다. 본인의 잠재력을 찾아내고 발전시켜야 한다. 아무리 남이 잘될 거라고 칭찬해주고 용기를 북돋워준들 자신이 스스로의 가치를 낮게 평가하고 한계를 짓는다면 무슨 소용이 있겠는가?

예전의 나는 나 자신의 가치를 낮게 평가하고 한계를 짓고 살았다. 남들이 정해준 기준에 맞추니 나 자신의 가치가 형편없었다. 내 주위에는 나보다 뭐든 잘하고 나보다 훨씬 뛰어난 사람들만 존재한다고 생각했다. 모두 잘 살아가지만 나만 보잘것없고 제일 뒤처진다고 생각하며 살았던 적이 있다. 그때는 정말 행복하지 않았다. 나 자신의 가치에 대해 낮게 생각했기 때문에 내 삶은 보잘것없고 더 나아지지 않은 상태가 지속될 거라 생각했었다. 그래서 삶에 대한 회한과 의미 없음에 포커스를 맞춰나가게 된다. 계속된 절망감과 후회 속에 힘든 삶을 살아가게 되는 것이다. 자기연민에 빠져 나약한 자신을 구해내지 못하고 계속 그 상태로 머물게 한다.

지금 생각하면 왜 그렇게 형편없는 생각을 했는지 모르겠다. 우리는 한 명, 한 명 얼마나 가치 있는 존재인가? 하지만 내가 부정적 생각에 사로잡혀 있으니 매사에 의욕도 없고 하고 싶은 것도 없고 미래가 어둡다고 생각하는 게 당연했을 것이다.

폴 발레리(Paul Valery)는 '사람은 생각하는 대로 살지 않으면 머지않아 곧 사는 대로 생각하게 된다'라고 했다. 시간이 흘러가는 대로 세월이 흘러가는 대로 맡겨버리게 된다. 아무 생각 없이 살아가게 되는 것이다. 인생의 종착역에 다다르면 얼마나 후회와 회한이 가득한 삶이라 스스로 한탄하겠는가? 우리는 아직 종착역에 가기 전이므로 노력하고 생각을 달리하면, 인생을 바꿀 기회가 충분히 있다. 얼마나 빨리 느끼고 깨달아 행동하느냐에 따라 자신의 삶은 달라질 것이다.

'시간은 황금'이라는 말이 있다. 시간은 정말 되돌릴 수 없다. 나이가 1살씩 들어갈 때마다 시간의 소중함을 절실히 느낀다. 어릴 때는 도전할 시간이 나이 든 사람보다 훨씬 많다. 우리가 시간을 살 수 있는 방법만 있으면 돈이 배로 들어도 사야 한다. 나이가 들었으니 2배, 3배로 더 많은 시간을 할애해서 배워야 한다.

가만히 있으면 아무도 나를 대신해서 움직여주지 않는다. 아주 작은 힘이라도 내서 움직여야 한다. 아주 작은 부분이라도 내가 할 수 있는 것을 정해야 한다. 하려는 의지를 가져야 변화가 생긴다. 아무것도 하지 않으면 아무 일도 일어나지 않기 때문이다.

'세상은 내가 용기를 내는 만큼 기회를 준다'라고 했다. 내가 환경을 만들고 창조할 수 있는 것이다. 용기를 내기 위해서는 우선 나에 대한 믿음이 전제되어야 한다. 내가 나를 진정으로 믿는 마음이 있어야 자존감과 자신감도 생기게 되는 것이다. 믿음으로 각오를 다지면 상처를 받지 않게 되거나 상처받을 일이 줄어들게 된다.

내 그릇이 넓고 깊어지면 많은 것들을 포용할 수 있다. 많은 것들을 담을 수 있는 넓고 깊은 그릇으로 만들어야 한다. 나를 바꾸는 게 세상에서 가장 힘든 것이라 했다. 하지만 그 힘든 것을 하려고 마음먹은 이상 오늘도 나를 믿고 의식을 성장하면서 마음 근력을 다지는 하루를 보낸다.

여행을 통해
나를 다시 돌아보기

'당신은 인생을 살아오면서 제일 좋아하는 게 어떤 것인가요?'라고 물으면, 나는 망설임 없이 '여행'이라 답할 것이다. '여행'이라는 단어만 떠올려도 입가에 행복한 미소가 지어지고 마음이 설레니 말이다. 사랑하는 사람과 함께하는 여행은 상상만 해도 즐겁다. 나는 혼자 하는 여행보다 가족과 함께하는 여행을 좋아한다. 사랑하는 사람과 맛있는 것을 먹고 좋은 곳에서 멋진 풍경을 보고 느끼고 경험할 수 있는 것은 너무나 행복하고 기쁜 일이리라.

딸이 대학에 입학하기 전에 딸과 함께 유럽 여행을 갔다 온 적이 있다. 그동안 공부한다고 힘들었을 텐데 함께 여행하면서 스트레스도 풀고 힐링하는 시간을 가지고 싶었다. 예전부터 탱고와 천재 건축가 가우디(Antoni Gaudi)의 세계적인 건축물, 알람브라 궁전 등 스페인의 다양한 문화를 직접 보고 체험하고 느끼고 가보고 싶어 스페인 & 포르투갈 7박 8일 패키지 여행을 짧다. 여행을 준비하는 동안 설레고 너무 행복했다. 여행은 떠나기 전 준비과정이 기대감 때문인지 더 설레는 것 같다. 긴 비행시간도 생각보다 힘들지 않았다. 스페인 공항에 도착해서 버스로 이동하는 동안 창으로 보이는 스페인은 낯선 여행자의 마음을 설레게 하기 충분했다.

여행하는 동안 개성 강한 도시의 아름다운 건축물과 자연에 감탄이 나왔다. 이국적인 풍경도 신기하고 좋았지만, 음식이 한국 사람 입맛에 거부감 없이 잘 맞고 맛있었다. 싱싱한 해산물과 신선한 과일을 마음껏 먹을 수 있어 좋았다. 여행하는 동안 한국 음식이 생각나지 않을 정도였다.

애절한 음악과 함께 하는 멋진 탱고공연을 보면서 마시는 와인은 기가 막혔다. 거기다 겨울이었는데도 불구하고 날씨가 따뜻해서 여행 내내 추운 줄 모르고 기분 좋게 잘 다녔다. 거리의 오렌지 나무에는 오렌지가 주렁주렁 열려 있어 보기에도 탐스럽고 싱그러웠다. 싱싱한 오렌지는 스페인 식당 어디를 가도 테이블 위에 가득 올려져 있어 마음껏 먹을 수 있었다. 딸도 여행 내내 행복해했다.

아침 일찍 일어나는 것을 잘하지 못하는데 우리 모녀는 빡빡한 스케줄에도 피곤한 줄 모르고 눈이 번쩍번쩍 떠지면서 그 누구보다 일찍 잘 일어났다. 패키지 여행 특성상 여러 사람이 함께 시간 맞춰 이동해야 하므로 한 명이라도 시간약속을 안 지키면 전체가 힘들어지는 상황이 발생한다. 나로 인해 단체가 손해를 입으면 안 된다는 것을 알기에 시간을 잘 지키려고 노력했다.

스페인은 유명 관광지가 많고 볼거리도 많아 관광객들로 넘쳐났다. 제일 인상에 남았던 것은 사그라다 파밀리아 성당 내부의 모습이었다. 웅장함과 아름다움으로 빛나고 있는 성당 내부의 모습은 천재 건축가 가우디의 예술혼이 집약된 곳이라 해도 과언이 아니었다. 그중에서도 스테인드글라스의 아름다움에 넋을 잃었다. 빛을 받은 스테인드글라스의 환상적이면서 오묘한 빛의 색채는 '여기가 천국이 아닐까?' 하는 생각이 들 정도로 아름답고 황홀했다.

다음 날은 숙소에서 6시간 걸리는 포르투갈의 땅끝인 호카곶에 도착했다. 유난히 바람이 많이 불었다. 호카곶에서 바닷바람을 맞으며 멋진 사진도 찍었다. 가이드가 리스본에서 제일 유명한 에그타르트에 관해 설명해주고 꼭 사서 먹어보라고 했다. 그 맛이 궁금해져 에그타르트 가게를 찾아갔다. 워낙 유명한 곳이라 줄이 끝도 없었다. 약속한 시간에 갈 수 있을지 걱정되었지만, 그래도 이때 아니면 못 먹어볼 것 같아 줄을 서기로 했다. 생각보다 줄이 빨리 줄어들어 다행이었다. 드디어 에그타르트를 주문해 딸과 함께 먹어봤다. 겉은 바삭하고 속은 부드럽고 촉촉하면서 많이 달지 않았다. 넉넉히 먹으려고 10개를 샀다. 딸과 2개씩 먹고 한꺼번에 다 먹기에는 아까워 잘 포장해 가방에 넣어두었다. 그것이 큰 실수였다. 다음 날 먹으려고 꺼냈는데 에그타르트가 그만 상해 있었다. 너무 아까워 한동안 말문이 막혔다. '아끼지 말고 그냥 먹어둘걸…' 하는 아쉬움을 남겼다.

우리는 그렇게 여행을 끝내고 한국을 가기 위해 경유지인 이스탄불 공항으로 갔다.

　하지만 생각지도 못한 일이 일어났다. 누군가 인생은 반전의 연속이라 했던가! 정말 상상하지도 못한 일이 벌어지고 말았다. 이스탄불에 눈이 너무 많이 와 비행기가 뜰 수 없다는 거다. 너무 당황스러웠다. 딸과 나는 큰 스케줄이 없어 다행이라 생각했다. 반전에 또 반전이 펼쳐졌다. 덕분에 스페인에서 이틀을 더 지낼 수 있게 된 것이다. 그 이틀은 선물 같은 날이었다. 이틀 동안 마드리드를 자유여행으로 갔다 올 수 있었다. 직접 버스와 지하철을 타고 마드리드 시내를 구경하면서 시간의 구애를 받지 않고 자유롭게 즐길 수 있었다. 패키지 여행을 하면서 자유 여행도 함께 할 수 있는 기회가 생겨 너무 좋았다. 이틀이라는 자유를 선물 받은 것이다.

　이 여행은 우리 모녀의 가슴속에 또 하나의 좋은 추억으로 남았다. 여행은 다람쥐 쳇바퀴 굴러가는 듯한 반복적인 일상생활을 보내는 내게 해방감을 주었다. 낯선 여행지에서의 여행은 나의 오감을 깨어나게 한다. 또한, 삶의 활기와 긍정적인 자극을 주었다. 딸과 둘만의 추억을 만들 수 있어 행복하고 감사했다.

　나이가 들면서 꽃과 식물을 좋아하게 되었다. 꼭 특별한 날이 아니더라도 꽃을 사서 식탁 위나 거실 화병에 꽂아둔다. 꽃이 주는 기쁨은 크다. 작은 사치로 집 안에 따뜻한 온기를 안겨준다.

　몇 년 전, 여름꽃 수국이 유명한 거제도와 통영을 남편과 함께 여행한 적이 있다. 거제도 저구항은 수국 동산으로 유명한 관광지다. 산언덕에 탐스러운 수국이 흐드러지게 피어 있었다. 꽃 색깔이 조금씩 달랐는데 수국은 토양의 성질에 따라 색깔을 달리한다고 한다. 나는 꽃을 보기 위해 인터넷으로 유명한 곳을 찾아 직접 가서 즐기기도 하지만, 여행을 통해 생각지도 못한 장소에서 예쁜 꽃을 보게 되는 경우도 있다. 그럴 때는 보물이라도 발견한 것 같은 기쁨이 느껴진다.

경주도 잘 가는 여행코스 중의 한 곳이다. 어떤 계절에 가도 좋지만, 나는 4월 중순쯤에 피는 겹벚꽃을 무척 좋아해 경주는 매년 빠지지 않고 가려고 한다. 경주 불국사에 겹벚꽃 동산으로 유명한 곳이 있기 때문이다. 핑크빛 탐스러운 겹벚꽃이 피어 있는 모습은 감탄을 자아낸다. 겹벚꽃이 바람에 날리며 꽃비를 뿌려주면 봄이 온몸으로 느껴진다.

겹벚꽃 나무 아래 돗자리를 깔고 집에서 준비해온 도시락을 펼쳐놓고 먹으면, 맛집 음식 부럽지 않게 맛있다. 맑은 공기와 향긋한 꽃내음에 둘러싸인 곳에서 사랑하는 사람과 함께하니 특별한 반찬이 없어도 된다. 그냥 그 자체로 맛있고 멋있고 좋다.

목적지가 있건 없건 떠난다는 것은 무척 설레는 일이다. 시간과 준비가 필요한 여행이 아니더라도 그냥 집 밖을 나와 동네 한 바퀴를 돌아도 기분이 좋아진다. 복잡했던 마음이나 무거운 마음을 조금이나마 내려놓을 수 있다.

여행은 힘들고 지친 나에게 쉼과 삶의 여유를 준다. 지치고 무뎌진 내 마음에 아름다운 자연의 에너지를 선물로 준다. 또한, 여행은 나를 다시 돌아보게 하기에 내가 더 나답게 살아야 하는 이유를 알게 되고 가족의 소중함을 느끼게 하는 계기가 되어주기도 한다.

인생에서
가장 소중한 것들

인생에서 소중한 것들은 참 많다. 그중에서도 건강은 가장 소중한 것 중 하나다. 그 이유는 과거에 내가 건강을 잃고 고생했을뿐더러 지금도 건강을 회복하려고 무던히 애쓰는 중이기 때문이다.

'건강을 잃으면 모든 것을 다 잃는 것이다'라는 말이 있다. 이 또한 우리의 삶에서 건강이 제일 중요하다는 것을 알려주는 말 아닐까. 건강을 잃으면 돈이 아무리 많아도 하고 싶은 것을 마음대로 할 수 없다. 마음대로 먹을 수도, 잠잘 수도 없을뿐더러 자유롭게 여행하는 것 또한 힘들다.

나는 약하게 태어났고, 자라면서도 병치레를 많이 한 허약체질이다. 어른들은 항상 나에게 아픈 데는 없는지 나의 건강 상태를 물어보곤 했다. 학창 시절에도 선생님에게서 어디 아프냐는 소리를 자주 들었고, 항상 피로감을 느끼며 기운 없어 하는 날이 많았다.

특히, 고등학교 때 많이 힘들었다. 정규 수업이 끝나면 방과 후 수업을 하고 밤늦게까지 학교에 남아 야간자율학습을 해야 했기 때문이다. 체력이 약했던 나는 학교 수업도 야간자율학습도 힘에 부쳤다. 집에서는 누워 있기 일쑤였다.

결혼해서 아이 낳고 육아할 때는 더욱더 체력의 한계를 느껴야 했다. 아이들이 어릴 때는 모든 것을 엄마인 내가 직접 해주어야 했다. 회사 일이 바쁜 남편은 아침 일찍 출근해 밤늦게 퇴근했다. 친정이나 시댁도 멀리 있었고 주변에는 도와줄 사람이 없었던 터라 독박 육아를 해야 했다. 힘든 육아로 피곤이 극에 달한 데다 기력이 부치는 상황에서 아이가 놀아달라고 하거나 울거나 하면 나도 모르게 아이한테 짜증을 내기도 했다. 지금 돌이켜 보면 아이들한테 너무나 미안한 마음이 든다.

나는 위장장애가 있다. 처음에는 대수롭지 않게 생각했었지만, 내 병명을 알고 난 후부터 음식을 조심해서 먹기 시작했다. 하지만 사람을 만나같이 식사해야 하는 상황에서는 조심한다고 해도 탈이 나기 일쑤였다. 음식을 가려 먹어야 하는 처지였기 때문에 내 위병에 도움이 되지 않는 식사자리가 난감할 때가 많았다.

어릴 때부터 허약했던 나는 운동을 통해 체력을 끌어올리려 노력했다. 유산소와 근력운동을 비롯해 필라테스, 등산을 선택해 건강한 체력을 만들기 위해 노력했다. 그러나 허약한 체력은 쉽게 좋아지지 않았다. 신경이 예민한 나는 주변의 작은 소리나 말에도 쉽게 긴장하거나 놀라기 일쑤였다. 이러한 상태가 계속되다 보니 쉽게 피곤해지거나 지치곤 했다.

딸이 하루는 그런 내게 "엄마, 개복치 알아요? 엄마가 개복치랑 닮은 것 같아요"라고 하는 것이었다. 딸의 그 말에 나는 개복치를 검색해봤다. 개복치는 '예민한 사람, 유리 멘탈, 스트레스에 매우 취약한 사람을 말할 때 주로 사용하는 표현'이라고 되어 있었다. 더 웃기는 것은 개복치의 사망 원인이었다. 13가지 정도의 사망 원인이 있는데 그중 5가지만 이야기해보면 다음과 같다. 하나, 아침 햇살이 너무 강렬해 사망, 둘, 바닷속 공기 방울이 눈에 들어가 스트레스로 사망, 셋, 바닷속 염분이 피부에 스며들어 충격으로 사망, 넷, 바다거북과 부딪힐 것을 예감하고 스트레스로 사망, 다섯, 근처 동료의 사망 소식에 충격받아 사망 등이다.

나는 딸과 함께 배꼽을 잡고 웃었다. 정말 이 정도면 살아남을 생물이 하나도 없을 것 같다는 생각이 들었다. 이 허약하고 예민한 개복치가 성체가 되면 천적이 거의 없어진다고 한다. 개복치의 외피는 손도끼, 톱으로 잘라야 할 정도로 단단하고 질기고 크기가 압도적으로 크다고 한다. 개복치는 해파리를 주로 먹기 때문에 웬만한 독에는 쉽게 당하지 않는다고도 한다.

또한, '살아남아라! 개복치'라는, 개복치에게 먹이를 주고 살리는 게임이 한때 유행했다고 한다. 개복치가 죽는 다양한 이유가 허구이거나 심하게 과장되었다 치더라도, 나와 닮은 점이 있다는 것은 맞는 것 같다. 이렇게 나는 개복치처럼 스트레스에 취약하지만, 스트레스를 이겨내는 나만의 비법(?)이 있기도 하다. 그것은 스트레스를 잘 받기도 하지만 빨리 극복하는 편이라는 것이다.

힘든 상황이 생기면 극심한 스트레스를 받는 것은 사실이다. 하지만 좌절했다가도 인정하고 받아들이며 상황을 극복하기 위한 여러 방법을 생각해낸다. 그러면서 스트레스를 털어버리려고 애쓴다. 이것이 내가 이때껏 살아오면서 스트레스를 극복한 비결이다. 심리학적 용어인 '회복탄력성'이 자리 잡혀 있는 듯도 하다.

'회복탄력성'의 사전적 의미는, 힘든 상황이 생겼을 때 좌절하지 않고 시련과 실패를 도약의 발판으로 삼아 더 높이 뛰어오를 수 있는 마음의 근력이다. 모든 인간에게는 이렇게 스스로를 치유하는 능력이 있다고 한다. 하지만 '회복탄력성'이 있다고 해서 스트레스를 안 받는 것은 아니다. 그러니 그 스트레스의 요인을 외부로 돌리거나, 압도당하지 않는 게 중요하다.

건강하게 살기 위해서는 물질적·정신적·육체적 건강 모두 균형을 이뤄야 한다. 어떤 하나가 균형을 잃으면 나머지도 흔들리게 된다. 균형을 잘 이루기 위해서는 균형을 깨뜨리는 게 없는지 잘 살피고 즉각 알아차려야 한다. 자기 자신에게 말을 걸고 자신이 진정으로 원하는 게 뭔지 알아야 한다. 우리 인간이 지구 별에 온 이유는 행복과 사랑, 기쁨과 즐거움을 체험하기 위해서다. 건강하지 않은 상태에서는 이러한 것들을 체험하기 힘들고 어렵다.

젊었을 때는 알지 못했던 것을 나이가 들면서 알게 되는 게 있다. 부모님과 가까이 살면서 부모님이 나이 들어가는 모습을 보게 된다. 그러노라면 하루하루가 얼마나 소중한지 깨닫게 된다. 흐르는 세월을 붙잡고 싶다는 생각도 든다.

가까이 살게 되면서 연세 든 부모님의 건강 상태가 하루가 다르게 안 좋아진다는 사실에 마음이 아프다. 아버지의 상태가 하루하루 심각해져 힘들게 버텨내고 계시는 모습이 안쓰럽다. 엄마도 허리와 다리가 안 좋으셔서 생활에 지장을 겪으신다. 그래도 엄마는 스트레칭과 실내 자전거 타기, 운동장 걷기 등 나름대로 열심히 운동하면서 버텨내고 계시다.

비록 건강이 좋지 않으시지만, 부모님이 내 곁에 계셔주셔서 힘이 되고 든든하다. 부모님께 상처받았다고 울고불고 따지면서 대들었던 적도 있었다. 하지만 그래도 부모님은 나를 사랑해오셨고 계속 사랑해주실 것을 알고 있다. 나 또한 우리 부모님을 사랑하고 있고 영원히 사랑할 것이다.

건강하면 삶에 활기와 에너지가 넘치게 된다. 삶을 대하는 태도 또한 긍정적이며 여유가 있다. 이것은 나이 불문하고 건강한 상태라면 가능한 것들이다. 건강은 건강할 때 지켜야 한다는 말이 있다. 젊다고 언제까지나 건강할 수는 없다. 건강은 내가 미처 알아채지 못하는 사이에 나빠질 수 있다. 내가 그랬다.

나이 드는 게 무조건 나쁜 것만은 아니다. 마음에 여유가 생기면서 삶을 대하는 태도가 훨씬 너그러워졌다. 마음에 여유가 생기니 나를 돌아보며 나에게 집중할 수 있는 시간이 생겼다. 생각해보면 지금까지 살아올 수 있었던 게 모두 기적이며 감사함의 연속이었다는 것을 알게 된다.

오평선 님의 시 '나다운 꽃을 피울 때 가장 아름답다' 중의 한 부분이다.

"젊을 때는 가족을 위해
자기와 맞지 않는 꽃을 피웠다면
지금부터는 자기다운 꽃을 피우기 위해 살아라.
그 향기로운 꽃내음이 자신은 물론
가족에게도 행복하게 전해질 것이다."

나도 이 시처럼 나다운 꽃을 피우며 몸도 마음도 건강하고 행복하게 살아가리라.

배우자와 좋은 관계
유지하기

현재 남편과 나는 주말부부로 지내고 있다. 남편은 서울에서, 나는 부산에서 생활하고 있다. 남편이 서울에서 내려올라치면 나는 여행 스케줄을 짜느라 바쁘다. 인터넷을 검색해 계절에 맞춰 꽃들이 피어나는 지방 도시들을 찾아낸다. 이렇게 스케줄을 짜놓으면 남편은 그에 따라 움직여 준다.

그렇게 남편과 둘만의 여행을 다니고 있다. 지금은 남편과 그렇게라도 국내 여행을 하는 편이니 다행이라 하겠다. 서울에서 같이 생활하며 한창 바쁠 때는 여행은 엄두도 못 냈었다. 계절이 바뀔 때마다 남편과 함께 자연을 보고 느끼고 즐기고 싶었지만, 눈코 뜰 새 없이 바쁜 남편에게 여행은 꿈도 꾸지 못할 사치였다.

그러다 남편이 직장을 그만두고 1년 정도 쉬었던 적이 있었다. 이때다 싶어 우리 부부는 그동안 못 간 여행을 몰아서 다녔다. 조금 아쉬웠던 것은 딸이 고3이라 멀리는 못 가고 주로 당일 코스로 하는 여행에만 만족해야 했다는 점이다.

한 지인은 친구와 함께하는 여행이 재미있지, 남편과 하는 여행은 별로라고 하기도 했다. 집에서 매일 보는 것도 지겨운데, 여행까지 함께한다는 것은 별로 좋은 선택이 아닌 것 같다면서 말이다. 물론 그 말도 이해가 간다. 사이가 그리 좋지 않다면 남편과 굳이 여행까지 같이 다닐 이유가 없기 때문이다. 하지만 나는 남편과 하는 여행이 그 누구와 가는 여행보다 편하고 안전하고 든든하면서 행복하다.

한번은 친구와 제주도 여행을 갔다 온 적이 있다. 그녀는 대학 친구였고 나는 서울에서, 친구는 부산에서 살고 있을 때였다. 출발지는 서로 달랐지만, 어쨌든 우리는 제주도에서 합류하기로 했다.

처음에는 설레는 마음으로 기분 좋게 여행을 시작했다. 그런데 여행 중반이 되면서 그 친구와 내 성향이 서로 안 맞는다는 것을 알게 되었다. 생각하고 느끼는 게 서로 달랐다. 여행을 끝내고 각자 집으로 돌아갈 때는 서로 기분이 상했을 정도였다. 우리 둘 다 별말이 없었고, 그냥 잘 가라는 인사만 멋쩍게 나눴을 뿐이었다.

그런 일이 있고 난 후 그 친구와 나는 점점 멀어지게 되었다. 지금은 연락도 안 하고 지낸다. 친구와 기분 좋은 여행을 하지 못했던 탓인지, 나는 가족 이외의 사람들과 여행하는 게 부담스럽게 느껴졌다. 그 이후, 가능한 한 가족들과의 여행을 최우선시하게 되었다.

나의 버킷리스트 중 하나가 크루즈 여행이다. 몇 년 후 남편이 은퇴하면 같이 세계여행을 하자고 한 적이 있다. 그냥 비행기로 이동하는 여행만 생각했지, 고가의 크루즈 여행은 엄두도 못 냈다. 언젠가는 가고 싶다는 생각만 굴뚝같았다. 버킷리스트에 적어두고 기회만 기다리는 형국이었다.

그러다 얼마 전, '한책협' 권 대표님의 책과 유튜브 영상을 보고 크루즈 여행의 매력을 더 가까이 느끼게 되었다. 저렴하면서도 최고의 행복과 기쁨을 누릴 수 있는 정보들을 함께 얻었다. 나는 꼭 남편과 크루즈 여행을 가리라 마음먹었다. 올해는 우리 부부의 결혼 30주년이 되는 해다. 그 기념으로 '발리를 가볼까?' 하던 참이었다. 이제 크루즈 여행 알뜰 정보를 푸짐히 얻었으니, 그 계획을 수정해야 할 것 같다.

나는 평소 남편과 여행하기 위해 여행 정보를 많이 수집하려고 노력한다. 유튜브나 인터넷에 올라와 있는 사진이나 영상을 빠뜨리지 않고 잘 챙겨 보는 편이다. 그중 인스타그램에는 신비하고 감탄이 절로 나오는 국내외 여행지들의 사진과 영상이 참 많이 올라와 있다. 저절로 그 여행지들에 대한 궁금증이 일고, 가고 싶다는 생각이 든다.

내가 좋아하는 TV 방송 중 하나가 여행을 다룬 프로그램이다. 요즘은

TV를 틀면 나오는 게 연예인들의 여행 프로그램이다. 가까운 나라부터 쉽게 갈 수 없는 나라까지, 마치 여행 프로그램의 홍수 속에서 사는 것 같다. 그런데도 여행 구성원도 다 다르고 가는 곳도 다양하다 보니, 프로그램마다 보는 재미가 쏠쏠하다. 여행 프로들을 보고 있노라면, 나도 다음에 꼭 가봐야지 하는 여행지들이 있다. 그럴 때면 메모해두거나 인터넷을 검색해 정보를 얻고 사진을 찍어둔다.

가까운 국내는 남편과 언제든 갈 수 있다. 그 때문에 날씨나 컨디션에 따라 메모해둔 정보대로 가는 편이다. 또한, 여행 유튜버들이 알려주는 여행지도 잘 챙겨 보곤 한다. 유튜브 혹은 인터넷에 올라와 있는 정보를 놓치지 않고 자세히 알아두면 나중에 여행할 때 많은 도움이 될 것이다.

여행하면서 글을 쓰는 여행작가의 삶을 사는 상상을 해본 적 있다. 생각만 해도 설레고 가슴 뛰는 일이다. 내가 진정 좋아하는 일을 하면서 수입을 올리는 기회를 얻을 수 있다니, 최고의 삶이 아닐까. 많은 사람이 정보를 몰라 움직이지 못하는 경우가 있는데, 좋은 정보를 나누고 행복을 함께 누린다면, 이 또한 선한 영향력을 사회에 행사하는 일이 아닐까.

오랜 세월 부부가 함께하다 보면 사이가 좋기도 하겠지만 오래 산 만큼 미운 정, 고운 정이 쌓이기도 할 것이다. 나 또한 그런 시절이 있었다. 그러나 여행은 그 당시 우리 부부의 갈등을 해소하는 역할을 해주었다. 여행하면서 자연을 통해 느꼈던 감동을 오롯이 사랑하는 내 반쪽과 함께 누리는 행복은 말로 표현할 수 없다.

처음 만났을 때의 사랑하는 감정은 세월과 함께 미운 정, 고운 정이 되어 켜켜이 쌓인다. 한배를 탄 같은 편으로 생각했는데, 어떨 때는 '같은 편이 맞나?'라는 생각이 들 때도 있다. 내 마음을 몰라주는 상대에 대해 서운함이 쌓이면서 같은 편은커녕 원수가 따로 없다는 마음이 들 때도 있다.

이러한 감정들을 푸는 방법으로 여행만 한 것도 없다고 생각한다. 같은 곳을 바라보며 감동하고 행복을 느끼게 되는 여행이야말로 백 마디 말보다 더 큰 유익을 우리에게 가져다주는 게 아닐까. 나의 힘듦과 고민을 남편과 함께 여행하며 풀었던 과정과 비법, 깨달음을 책에 담아 많은 사람에게 알려주고 싶다. 나를 찾아오는 사람들과 이 모든 것들을 함께 나눌 수 있다면 기쁨과 행복은 배가 될 것이다. 이것이야말로 진정으로 선한 영향력이 아닌가 싶다.

사람들은 여행을 돈 많고 시간 많은 사람이나 하는 것쯤으로 치부하기도 한다. 오랜 세월을 산 사람들이 더욱 그런 모습을 보인다. 특히, 부부가 함께하는 여행은 쉽지 않다고 생각한다.

우리는 우여곡절 많고 힘든 인생을 견디며 살아내려 안간힘을 쓴다. 나중의 행복을 위해서 현재의 행복을 담보로 잡기도 한다. 나도 그랬다. 나중에 누리면 된다고 생각하며 현재의 행복을 미루고 참아야 하는 것쯤으로 여겼다. 참고 견디고 인내하는 삶이 당연하다고 생각하며 행복하지 않은 지금의 삶에 면죄부를 주었다.

그러나 우리의 인생은 단 한 번뿐이다. 그러니 1살이라도 젊을 때 아름답고 행복한 삶을 즐겨야 한다. 이 소중한 인생을 사랑하는 나의 반쪽 내 남편과 함께한다면 더 풍요롭고 값진 인생이 되지 않을까.

"여행은 다리 떨릴 때 가는 게 아니라, 가슴 떨릴 때 가는 것이다."

중년은
두려운 것이 아니다

　중년이 되니 새벽에 한 번씩 자다가 깨는 경우가 잦다. 그러면 다시 잠들지 못하고 리듬이 깨져 종일 컨디션이 찌뿌둥해진다. 아마도 갱년기 때문일 거라는 이야기가 나왔다. 갱년기는 중년을 대표하는 단어가 아니던가!

　'갱년기 엄마와 사춘기 자녀가 싸우면 누가 이기나?' 하는 우스갯소리가 있는데, 답은 갱년기가 이긴다고 한다.

　나는 과거에 큰아이에게 안 좋은 감정을 쏟아버린 적이 있다. 큰아이의 행동이나 태도가 평소에는 아무렇지도 않다가 어느 날, 나도 모르게 거슬릴 때가 있었다. 그래서 지적하며 그렇게 하는 게 아니라고 말했다. 아이는 갑작스러운 엄마의 지적에 발끈했다. 나는 아이가 발끈해하는 게 마음에 안 들어 부드러운 목소리가 아닌 짜증과 화가 섞인 큰 목소리로 아이를 야단쳤다.

그러면 아이도 짜증이 나는지 나에게 갑자기 왜 그러냐고, 전에는 아무 문제가 없었는데 왜 지금은 문제가 되는지 묻는다. 그러면 아이에게 지기 싫어 논리적으로 맞지 않는 말을 억지로 끼워 맞추며 어디서 어른에게 대드냐며 버릇없다고 이야기한다. 그러면 아이는 굉장히 억울해하며 문을 닫고 방으로 들어가버렸다.

시간이 조금 지나면 엄마인 내가 아이에게 과했다는 것을 깨닫게 된다. 미안한 마음이 들어 아이에게 사과하러 방문을 노크한다. 아이는 쉽게 문을 열어주지 않는다. 이미 마음이 상해 있어 엄마의 사과를 받아들이지 않으려고 한다. 몇 번을 미안하다고 하면 아이는 방문을 열어준다. 아이에게 "엄마가 갑자기 소리 질러서 놀랐지?"라고 하면 아이는 "엄마가 왜 그렇게 큰 소리로 말하는지 모르겠어요! 무슨 일 있어요?"라고 다시 묻는다. "엄마가 몸이 피곤하고 신경 쓰이는 일이 있어서 엄마도 모르게 많이 예민해진 것 같아. 엄마가 소리 질러서 미안해"라고 사과한다. 그러면 아이도 "알겠어요!"라며 나의 사과를 받아들인다. 아이의 마음에 상처를 준 것 같아 후회하면서 나를 자책한다.

갱년기는 호르몬의 변화 때문인지 짜증이 많이 올라오는 것 같다. 애꿎은 아이를 대상으로 내 감정을 쏟아버렸으니, 아이가 내 감정에 희생양이 되어버린 격이다. 입장을 바꿔놓고 생각해봐도 아이가 억울해하는 것은 당연하다. 어른인 내가 내 감정 하나 통제 못 한다는 사실에 자책해보지만 이미 쏟아진 물은 다시 담을 수가 없다.

갱년기를 겪으면서 제일 답답한 것은 시력이다. 예전에 돋보기를 끼고 신문이나 바느질을 하는 어른을 보면서 '먼 훗날의 모습이겠거니' 하고 생각은 했지만 50살이 되기 전부터 조금만 피곤해도 눈이 침침하고 앞이 뿌옇게 되면서 잘 안 보일 줄은 몰랐다. 내가 생각한 먼 훗날이 생각보다 일찍 찾아왔다. 젊은 사람은 내가 잘 안 보인다고 하면 안경을 썼는데도 왜 안 보인다고 하는지 이해를 못 한다. 시력이 안 좋아 안경은 쓰고 있지만, 노안은 시력과는 또 다른 문제다. 젊은 사람은 노안이라는 것을 안 겪어봤으니 당연히 모를 것이다. 그것뿐만이 아니다. 사람들과 이야기할 때도 단어가 생각이 안 나 힘들 때가 있다. 뭘 하려고 하다가도 생각이 안 날 때가 있다. 이렇듯 갱년기는 여러 면에서 생활하는 데 불편함을 겪게 만든다.

아침에 일어나면 나만의 아침 루틴이 있다. 일어나자마자 몸무게를 체크하는 일이다. 살이 좀 찌고 싶은 마음에서 매일 몸무게를 체크한다. 그런 다음, 거실에 매트를 깔고 25분 정도 스트레칭을 한다. 폼롤러를 이용한 스트레칭을 시작으로 허리 강화와 엉덩이 근육 유지를 위한 나만의 스트레칭을 한다. 허리가 약하고 조금만 오래 앉아 있어도 힘들었는데 꾸준히 한 결과, 허리 강화 스트레칭 덕분에 웬만큼 오래 앉아 있어도 괜찮다.

스트레칭 후, 따뜻한 물을 한 컵 마신다. 몸에 온기가 돌게 하고 밤새 쉬었던 위장을 부드럽게 깨우기 위한 것이다. 그런 다음, 20~30분의 틈을 주고 아침 식사를 한다. 위장병이 난 후 지켜온 나의 아침 루틴이다.

나는 예전에 헬스를 하려고 운동센터에 등록해 몇 개월 동안 다닌 적이 있지만 나와는 맞지 않는다는 것을 알았다. 몸이 더 힘들고 재미도 없었다. 하지만 필라테스를 알고 난 뒤부터는 나와 잘 맞는 것 같아 몇 년 동안 쉬지 않고 했다. 필라테스도 사실 쉬운 운동은 아니다. 할 때는 생각보다 힘이 들지만 땀을 흘리고 나면 기분도 상쾌하고 재미가 있다.

나는 산에 가는 것도 좋아한다. 높은 산보다는 왕복 1시간이면 왔다 갔다 가능한 우리 집 뒤에 있는 산 중턱까지 갔다 오는 것을 좋아한다. 산 중턱만 가도 운동시설이 있어 한 번씩 하고 쉬었다 오면 하루가 그렇게 상쾌할 수가 없다. 굳이 힘들게 산 정상까지 가고 싶지는 않다. 기분 좋게 산책하는 마음으로 천천히 자연을 즐기며 갔다 온다. 산에서 한 번씩 귀여운 다람쥐라도 만나는 날이면 행운을 얻은 것 같아 기분이 더 좋아진다.

나는 바다도 좋아한다. 집에서 조금만 걸어나가면 바로 바다가 있다. 바다를 보고 있으면 막힌 가슴이 뻥 뚫리는 느낌이 든다. 바다는 한 가지 색만 가지고 있지 않다. 계절마다 날씨에 따라 바다색은 각양각색으로 변한다. 파도가 많이 치는 날과 잔잔한 날 또한 바다색은 조금씩 다르다.

요즘 밖에 나가면 어싱(Earthing)하는 사람을 많이 본다. 어싱은 접지(接地)로 지구와 우리 몸을 연결하는 것을 말한다. 우리 현대인들은 신발을 신고 생활하고 전자기파가 많은 곳에서 종일 보낸다. 이런 생활로 인해 인체의 전기적 균형이 깨진다고 한다. 결과적으로 스트레스, 염증, 수면장애 등 다양한 증상이 나타나고 있다.

어싱은 야외에서 맨발로 걸으며 지구의 에너지, 기운을 받는 것을 말한다. 어싱은 맨발로 걷다 보니 발바닥에 자극이 가서 혈액순환이 잘되어 체온이 상승한다. 꾸준히 하면 통증에 효과가 있고, 스트레스 완화, 불면증 등 여러 가지 좋은 점이 많다고 한다.

바다나 산을 가면 어싱을 하는 사람들을 흔하게 볼 수 있다. 바닷가에서 맨발로 백사장을 걸으면 부드러운 모래가 기분을 좋게 한다. 걷다가 파도가 쳐서 옷이 젖을 때도 있지만 상관없다. 올봄부터 바다에 가면 한 번씩 하곤 한다. 하고 나면 몸이 가벼워진 느낌이 들고 기분이 좋아진다.

집 뒤의 산에 가도 할 수 있다. 산 중턱에 운동기구와 함께 가장자리에 황토로 된 평평한 땅이 조그맣게 있다. 어싱하기 딱 좋은 장소다. 신발과 양말을 벗고 맨발로 황토에 발을 내디디면 땅의 차가운 기운이 느껴진다. 햇빛이 드는 곳은 따뜻함이, 그늘진 곳은 차가움이 느껴진다. 몸에 있는 정전기가 땅으로 전부 흡수되는 것 같고 기분도 좋아진다.

우리는 중년의 변화를 받아들이는 수밖에 없다. 언제까지 변화에 대해 우울해하고 있을 것인가? 받아들이고 인정하면서 어떻게 하면 지금보다 더 행복해질 것인가를 생각하는 게 더 생산적인 일일 것이다.

중년을 대표하는 갱년기는 신체에 크나큰 변화를 가져온다. 밤잠도 설치게 되고 홍조와 늘어난 나잇살로 우울감을 느끼게 한다. 우울감을 벗어나려는 용기가 필요하다. 중년의 우리는 모두 열심히 살아왔다. 이제껏 열심히 살아온 나 자신에게 스스로 칭찬과 격려와 보상을 아끼지 않고 해주자는 거다. 우리는 충분히 잘해왔고, 잘하고 있고, 잘해나갈 것이기 때문이다. 중년은 아름답다!

4장

중년, 상처받지 않는 노하우

가까울수록
더 기대감이 크다

우리는 인생에 대한 기대감을 갖고 매일 살아가는 존재가 아닌가 싶다. 결혼해서 사랑하는 자식을 낳고 키울 때 제일 기대감이 컸던 것 같다. 하루가 다르게 커가는 아이의 모습에서 부모는 오늘보다 내일 더 자라 있을 아이의 모습을 기대한다. 아이가 누워만 있을 때는 뒤집기 할 날을 기대하고, 다음에는 기어 다닐 날을 기대한다. 그러다 아이가 힘들게 일어나 한 발짝 떼며 아장아장 걷는 모습을 보면 너무 대견하고 사랑스러울 수가 없다.

어릴 때는 잘 먹고 잘 자고 잘 누는 것만으로도 사랑스럽고 행복한 일이라 여긴다. 그러다 아이가 청소년기가 되면 부모는 아이에게 또 다른 기대를 한다. 이것은 대부분 부모들의 공통적인 기대감이다. 우리 자식만큼은 공부를 잘해 좋은 대학에 들어가주기를 기대한다. 하지만 생각보다 만만치가 않다. 초등학생 때까지는 그런대로 공부를 좀 한다고 생각한다.

하지만 중학교, 고등학교에 들어가면서 점점 기대감이 절망감으로 바뀌게 된다.

부모의 기대감이 아이에게는 부담감이 되면서 갈등이 생기기 시작한다. 부모가 먼저 인생에서 공부가 전부가 아니라는 것을 일찍 깨달아야 한다. 부모가 못한 공부를 자식에게 기대해서는 안 된다. 부모도 자식도 잘 살기 위해서는 먼저 부모의 욕심과 기대감을 내려놓아야 한다. 그렇지 않고 공부에만 매달리게 되면 부모도 자식도 모두 불행하게 된다. 공부만을 강요하다가는 뒤늦게 공부가 아닌 다른 길을 찾으려고 해도 길이 잘 보이지 않는다. 부모도 아이도 길을 잃고 헤매게 된다. 진작 또 다른 길을 찾아놓지 못한 것을 후회한다.

처음부터 모든 것을 공부에만 초점을 맞춰서 그런 게 아닌가 싶다. 공부 외에 아이가 좋아하는 것을 찾고 발견해야 한다. 우리에게는 태어나면서 주어진 재능이 있다고 하지 않았던가? 재능이 뭔지, 좋아하는 게 어떤 것인지 찾기 위해 도전하고 경험해야 한다. 아무 생각 없이 살아오면 중요한 순간에 길을 잃고 헤맬 수밖에 없다.

세상이 변하고 있다. 이제는 공부만 해서는 안 되는 사회가 되었다. 다재다능한 자만이 살아남는 사회라 해도 과언이 아니다. 공부 이외에도 이 세상에는 재미있고 즐거운 게 많이 있다. 아이들이 게임에만 종일 전념하는 것은 재미있고 잘하니까 그런 것이고, 반대로 게임 이외에는 재미있는 것이 현실에 없으니까 그런 것 아닌가 하는 생각이 든다. 현실에서도 많은 경험을 할 수 있는 환경을 만들어주어야 한다.

부부 관계에서도 기대는 좋을 수도 있지만 나는 기대감으로 인해 사이가 더 안 좋아진 경우를 경험했다. '기대감이 크면 실망도 크다'라는 말이 있다. 몇 년 전까지만 해도 나는 남편이 나를 잘 아는 줄 알았다. 내 마음이 어떤 상태인지, 내가 좋아하는 것과 싫어하는 것에 대해 굳이 말하지 않아도 안다고 생각했다. 부부 사이에는 그게 당연하다고 생각했으니까. 하지만 이 세상에는 당연한 게 없다는 것을 알았다. 몰라도 너무 모르고 있다는 것을 알게 되면서 실망을 넘어 상처와 좌절감, 분노를 넘어 화가 나기까지 했다.

세계적인 베스트셀러 《화성에서 온 남자 금성에서 온 여자》에서는 남녀는 서로 생각하는 방식이 다르다고 말한다. 남자란 원래 화성에서 왔기에 나오는 다른 종족인 것을 인정하게 되면서 남편의 다름을 받아들이려고 애썼다. 그러면서 남편에게 하나씩 알려주려고 노력했지만, '아니, 정말 이것도 모른단 말이야?' 하는 말이 입 밖으로 나올 뻔한 적이 한두 번이 아니다. 어린 아들 한 명 더 키우는 느낌인 것 같았다. 다른 종족이란 것을 인정은 했지만, 막상 받아들이는 데는 물리적인 시간이 소요된다는 것을 부인할 수 없었다.

반대로 남편은 내게 "어떻게 내 마음을 그렇게 잘 알아?"라고 말한 적이 많다. 남편은 척 보면 그냥 다 보인다. 남편이 어떤 마음 상태인지, 어떤 것을 원하는지 말이다. 생각해보면 화성에서 온 남자를 금성의 언어로 해석하려고 했으니 쉽지 않은 게 당연하리라.

아이들을 육아할 때 남편은 바쁜 회사 생활로 함께하지 못했다. 그때는 정말 많이 힘들었다. 오롯이 혼자 24시간 독박 육아하느라 고군분투했던 것을 생각하면 아쉬운 점이 많다. 바쁜 아빠와 함께하는 시간이 많지 않아서인지 아이들은 아빠한테 잘 가지 않았다. 나는 당시 모든 것을 나한테 의지하는 아이들로 인해 체력이 바닥 났다.

남편도 그때 이야기를 하면 많이 아쉬워한다. 하지만 지나간 것들에 대해 아쉬워해도 소용없지 않은가. 지금 아이들한테 신경 쓰고 사랑을 더 많이 주면 조금은 덜 미안해하지 않아도 되지 않을까.

결혼 생활 30년을 하면서 많은 것을 깨달았다. 긴 세월 함께하며 미운 정, 고운 정이 쌓이면서 서로에 대한 믿음이 더 굳건해졌다. 최근에는 남편이 내 마음을 조금 알아준다고까지 느껴져 고마울 정도다. 아무리 가까운 사이라도 표현을 제대로 하지 않으면 상대의 마음을 좀처럼 알 수가 없다. 서로 사랑하는 사이라면 말하지 않아도 아는 게 당연하다고 생각하게 되지만, 아니다. 무조건 표현해야 한다.

남편은 내가 좋아하는 여행을 같이하려고 애쓴다. 주말부부라 한 번씩 집에 올 때는 어디 가고 싶은지 스케줄을 잡아놓으라고 말한다. 가고 싶었던 먼 거리의 장소도 기분 좋게 드라이브하면서 다녀올 수가 있다. 내가 좋아하는 대구탕을 사 먹거나 예쁘고 멋진 카페에 가서 차도 마시고 오자고 한다. 남편의 이런 변화에 대해 아이들도 좋아하고 응원한다. 이렇게 되기까지 얼마나 많은 시간이 걸렸는지. 내 마음을 알아주니 나 또한 남편이 좋아하는 것을 해주려고 애쓴다. 이것이 진정한 선순환이 아닌가 싶다.

우리는 가까운 사이일수록 기대감이 크다. 그리고 그 기대가 충족되지 않으면 실망하고 좌절한다. 어쩌면 처음부터 기대하지 않으면 실망할 일도, 상처받을 일도 생기지 않는다. 물론 살다 보면 말처럼 쉽지 않은 것도 안다. 알면서도 완전히 기대를 놓지 못한다.

한편으로는 나의 결핍을 남편에게 너무 의지하려고 하는 게 아닌가 하는 생각도 했다. 내 의견이 받아지지 않는 것에 대해 내가 예민하게 반응하는 것은 아닌가 하는 생각도 해보곤 한다. 상대에게 받길 원하는 것을 내가 나한테 해주는 것도 좋을 것 같다. 꼭 그 상대가 아니라도 대신 할 수 있는 것을 선택하는 것도 나쁘진 않은 것 같다. 상대가 해주면 다행이고 그 상대가 아니어도 제2의 인물, 제3의 인물로 대체할 수도 있다는 것을 염두에 두어야 한다. 그러면 나 자신도 덜 피곤하고 상대도 나로 인해 괴롭지 않을 테니까.

내가 먼저
변해야 한다

세계적인 과학 저널리스트인 슈테판 클라인(Stefan Klein)의 《우리가 운명이라고 불렀던 것들》에서는 '우연'이란 인간의 삶을 만들어낸 사건의 총합이라 했다. 우리가 살아가고 있는 세계는 어떤 규칙과 운명에 맞춰 일어나지 않는다고 말한다.

우리는 우리가 하는 일에 대해 만족할 수도, 그렇지 않을 수도 있다. 만족하지 않지만 다른 방법이 없다고 생각하고 하기 싫은 일도 계속해서 한다. 그 이유는 우리 뇌가 '우연'을 거부하고 있기 때문이라는 것이다. 두려움 때문에 다른 일을 선택하는 것을 포기한다는 것이다. 두려움으로 인해 만성 스트레스로 면역체계의 손상, 심혈관계 질환이 촉진된다고 저자는 강조하고 있다.

나는 두려움을 많이 가지고 있는 사람 중 한 명이었다. 어릴 때부터 약한 체력과 나에 대한 잘못된 믿음 등이 나를 옭아매고 있었다. 일어나지도 않는 일에 대해 상상하고 걱정하고 염려하며 살아왔다. 부모님도 나에 대해 걱정하고 염려하셨기 때문에 그런 것들이 당연하다고 느끼고 살았다. '안전한 울타리'를 지키기 위해 전전긍긍하며 스트레스를 받고 실수하지 않으려고 애쓰며 살았다. 세상에는 공짜가 없다고 했다. 모든 일에는 그 대가가 따른다. 나 스스로 강박에 시달리는 상황을 경험하게 되었다. 완벽주의를 실천하기 위해 내가 나를 옭아매는 상황이 벌어진다. 그것이 바로 내 삶이 힘들어진 이유다.

나이 오십은 지천명(知天命)이라 했다. 지천명은 하늘의 명을 깨닫는 나이라는 뜻이다. 지천명의 나이에 나는 예전부터 하고 싶은, 아니 해야 했었던 것을 지금 하는 것인지도 모르겠다. 지금의 나는 인생에서 가장 여유로우며 오롯이 나에게 집중하는 시간을 보내고 있다. 아이들도 성년이 되었고, 남편과도 주말부부로 지내니 지금의 나는 큰 숙제를 해놓고 여유로운 마음으로 인생을 즐기고 있다. 생각해보면, 지금이야말로 진정으로 주체적인 삶을 살 수 있는 환경이 마련된 것이다.

예전의 나는 아이들이 커가는 것을 보는 것만으로도 내 인생의 즐거움이고 행복이라고 생각했다. 아이들과 남편이 내 인생의 모든 것이라는 고정관념을 가지고 있었다. 나만의 울타리를 만들어 그 울타리에서 벗어나는 상황이 발생하면 괴로워하고 힘들어했다.

지천명이라는 나이에 나를 가두어놓고 수동적으로 삶을 지켜보는 것으로 만족하려고 했다. 하지만 그런 삶은 주인공이 아닌 조연으로서의 삶이라는 것을 느꼈다. 그래서 지금은 주인공으로서의 삶을 살기 위해 대본을 다시 쓰고 있다. 이제는 대본, 감독, 연출 모두 내가 쓰고 만드는 것으로 내 삶의 주인공이 되는 것이다. 너무 멋지고 가슴 뛰는 일이 아닐 수 없다.

주위 사람에 의해 휘둘리지 않고 주체적으로 삶의 진정한 주인공으로 사는 삶을 오십이 넘어 할 수 있다는 것도 내게는 큰 도전이다. '안전한 울타리'에서의 답답함과 견뎌내야 하는 고통이 밑거름되어 나를 더 단단하게 또한 여물어가게 했다. 물론 내가 생각하고 하기로 한 결정에 대해 힘들고 어려운 상황이 일어날 것이다. 하지만 나는 기꺼이 그 일을 처리하느라 힘이 들 테지만 내가 한 선택에 후회는 없을 것이다.

인생에 정답은 없다고 했다. 정답이 없는 내 인생을 누가 시켜서 사는 것이 아니라 자발적으로 사는 것이기에 기쁘고 즐겁게 살 수 있는 것이다. 나도 그랬지만 많은 사람이 자기가 원하는 것을 잘 알지 못한다. 대충 뭉뚱그려 생각하고 명확성 없이 살아가는 대로 생각하며 산다.

그러면 남에게 휘둘리면서 살아가는 인생이 된다. 내가 진정으로 좋아하고 원하는 것을 모르기에 남들이 하는 대로 따라가려 애쓴다. 두려움을 회피하려고 하기 때문이다. 그렇게 내 생각을 점점 더 할 수 없는 상황이 온다. 한평생 남들 따라 가느라 진정한 자신의 삶은 뒷전으로 내버려두게 된다. 나이가 들어 인생의 후반전에 다다랐을 때는 내 삶을 제대로 나답게 살지 못한 것에 대해 후회하게 될 것이다.

내가 좋아하고 잘할 수 있는 일을 찾는 것은 즐겁고 신나는 일이다. 내가 진정으로 좋아하는 일이 무엇인지 잘 알지 못할 때는 끊임없이 찾아봐야 한다. 찾고 도전하고 배움으로써 내가 진정으로 원하는 것을 알 수 있다.

나는 예전에 음식을 잘하지 못했다. 가족들에게 끼니때마다 어떤 반찬을 해야 할지 고민이 많았다. 할 수 있는 반찬의 종류가 한정적이었기에 가족들이 똑같은 반찬을 끼니때마다 먹게 된다면 질려 할 것으로 생각했다. 고민 끝에 잘하는 전문가에게 가서 배워야 한다고 생각했다. 그래서 문화센터의 요리강좌에 등록했다. 계절별로 나오는 제철 재료로 만들 수 있는 요리는 다양하고 풍성했다. 신선한 재료를 다듬고 장만해서 음식을 만드는 과정이 너무 재미있었다. 그렇게 배운 요리를 사랑하는 가족에게 만들어주니 아이들과 남편이 너무 좋아하고 맛있게 잘 먹었다. 그런 모습이 나를 기쁘고 행복하게 했다.

아이들과 남편은 빵과 과자를 너무나 좋아한다. 마트에서 파는 가공된 과자와 빵도 맛있지만, 내가 직접 가족을 위해 방부제와 식품첨가물이 들어가지 않은 좋은 재료로 사랑을 듬뿍 담아 만들어주고 싶어 문화센터에 등록해서 배웠다. 음식의 반은 정성이 좌우한다고 했다. 빵과 과자를 좋은 재료로 사랑을 듬뿍 담아 정성껏 만드니 맛이 없으려야 없을 수 없었다.

가족들도 맛있게 먹었지만, 주위의 지인과 이웃에게도 나눠주니 따뜻한 마음도 전달되고 행복과 기쁨이 배가 되었다. 이렇게 배워둔 요리는 내 인생을 풍요롭게 했으며, 내가 좋아하고 잘하는 일이라는 것을 알게 된 계기가 되었다.

앨런 피즈(Allan Pease)와 바바라 피즈(Barbara Pease)의 《결국 해내는 사람들의 원칙》에서 "진짜 인생은 무덤까지 안전하고 단정하게 도착하는 것이 아니다. 완전히 기진맥진해서 잔뜩 흐트러진 몰골로 '와! 완전히 끝내줬어!'라는 비명과 함께 먼지 구름 속으로 슬라이딩하며 들어와야 제맛이다"라고 했다.

이때까지는 안전하고 단정하게 살았다. 인생의 제2막이 열리면서 지금부터는 "와! 내 인생은 너무 재미있고 즐거운 인생이었어. 정말 끝내줬어!"라고 소리를 지르며 먼지 구름 속으로 슬라이딩해서 멋지게 들어가려 한다.

중년에도 성장을
멈추지 않는다

　중년에는 부부 사이의 대화가 단절되는 경우를 볼 수가 있다. 익숙할 대로 익숙해져 있어 공기와 같은 존재로 인식하는 경우가 있다. 중요한 순간이 오면 소중한 존재라는 것을 알지만 평소에는 편안함을 넘어 귀찮아질 때도 있다.

　남편과 주말부부가 되고부터는 자주 못 보니 만날 때는 반가움과 기쁨이 있다. 그동안 지내면서 있었던 이야기를 하는 것만으로도 즐겁다. 서로가 오랜 친구 같은 느낌도 들고 같은 배를 탄 동반자라는 연대감마저 느끼곤 한다. 함께 생활했을 때는 남편이 내 편이 아니라 남의 편 같다는 느낌을 받을 때도 있었다. 나는 남편에게 공감과 위로를 받고 싶은데 공감은 커녕 판단하고 결론을 내리고 해서 더 이상 대화가 안 될 때도 있었다. 하지만 다행히도 지금은 많은 면에서 남편의 배려가 나를 기분 좋게 한다.

남편은 잠잘 때 코를 많이 곤다. 그래서 옆에 있으면 괴로울 때가 있다. 잠을 편안히 푹 못 자 힘들어하니 남편은 나를 배려해 다른 방에 가서 자거나 거실 소파에서 잠을 잔다. 남편의 배려에 나는 편안하게 숙면할 수 있다. 예전에는 코를 골아도 힘들어하며 참았는데, 남편의 작은 배려가 고맙게 느껴졌다. 사람에게 있어 수면은 굉장히 중요하다. 잠을 제대로 못 자면 종일 피곤하고 찌뿌둥한 컨디션으로 하루를 보내야 한다.

소리에 특히 예민한 나는 남편의 코골이로 깊은 잠을 자는 게 힘들었다. 깊은 잠을 못 자니 예민함이 배가 되면서 남편에게 짜증을 내곤 했다. 남편은 미안해했지만 잘 고쳐지지 않았다. 지금도 계속 코는 골지만, 예전만큼 소리가 크지 않다. 몇십 년을 들어와서 그런지 나의 예민함도 많이 줄어 지금은 그러려니 한다. 지금은 남편의 코골이 소리를 듣고도 잘 자는 편이다.

어떤 일을 할 때 가능하면 남편과 상의해서 하는 편이다. 작은 물건은 그냥 알아서 사지만, 조금 돈이 들어가는 물건을 살 때는 미리 이야기를 하고 산다. 알뜰한 남편은 물건이 고장이 나면 고치고 아껴 쓰는 스타일이라 함부로 사거나 버리는 경우가 없다. 나도 마찬가지로 물건을 함부로 버리거나 하는 경우는 잘 없지만, 살림하다 보면 필요한 물건이 생긴다. 일일이 남편과 상의해서 하려고 하니 살림에 대해 잘 모르는 남편은 물건 사는 것을 좋아하지 않는다.

나는 필요한데 일일이 필요성에 대해 설명하고 남편을 고민하게 만드니 피곤해지는 경우가 있다. 그래서 적당히 내 선에서 말하지 않고 일단 사고 나서 필요성을 설명한다. 그러면 산 물건에 대해 별말은 하지 않는다.

남편은 빵돌이라 빵을 무척 좋아한다. 직접 빵과 과자를 만들어주다 보니 힘이 들어 제빵기를 사야겠다고 생각했다. 남편에게 미리 말하고 사는 것보다 제빵기를 사서 빵을 만들어주면 좋아하겠다고 생각해서 말하지 않고 제빵기를 사서 빵을 만들어주었다. 빵돌이 남편은 너무 좋아하며 맛있게 잘 먹었다.

제빵기에 예약코스를 맞춰놓으면 아침에 일어나 모닝빵을 먹을 수 있다. 고소하고 따뜻한 맛있는 모닝빵을 집에서 눈뜨자마자 먹을 수 있는 것에 대해 남편은 너무 좋아하고 행복해했다. 남편에게 말하지 않고 제빵기를 사서 혹시 뭐라고 할까 봐 살짝 걱정한 것이 기우였다. 남편은 산 제빵기로 빵을 만들어주니 고마워하고, 나는 맛있는 빵을 잘 먹는 남편의 모습에 기분 좋았다. 다음에도 필요한 것이 있으면 내 선에서 고민하고 결정해도 되겠다고 생각했다.

남편과 떨어져 지내면서 내 시간을 어떻게 꾸려나가야 할지 생각을 하는 중이었다. 마침 지인이 늦은 나이에 대학에 다니며 공부하고 있었다. 그 지인은 10년 넘은 모임 중의 하나인 '일일회'의 J언니였다. J언니는 나보다 한참 나이가 많았음에도 성당에서도 활동을 많이 하고 있고 봉사단체에서도 활동하고 있었다. 게다가 늦은 나이에 대학까지 다니면서 공부를 하고 있었다. 너무 대단하다고 생각했다.

남편과 떨어져 있고 시간적으로 여유가 있었던 탓에 J언니의 권유로 나는 공부를 하면서 시간을 보내는 방법도 좋을 것이라 생각해 대학에 등록했다. 봄학기는 이미 지나가서 가을학기부터 등록이 가능했다. 그렇게 나는 방송통신대학교 교육학과 2학년 2학기에 편입생으로 등록하게 되었다. 그때 내 나이 46살이었다.

방통대 학생은 직장인과 주부, 나이가 있어 보이는 중년이 대부분이었다. 방통대의 학생들이 어떤 이유로 늦은 나이에 대학을 들어와 공부하게 되었는지 궁금한 마음이 들었다. 그들의 눈빛은 배우고자 하는 학구열로 반짝이고 있었다. 20대의 대학생 같은 풋풋함은 없지만, 그들의 배우고자 하는 열정과 의지는 단연 최고였다. 수업 시간에는 하나라도 더 알고자 하는 열정에 교수님들의 칭찬이 자자했다. 예전에 미처 알지 못했던 지식을 알게 되니 흥미롭고 재미있었다. 교육학을 공부하면서 또 다른 세계가 있다는 것을 알게 되었다.

늦은 나이에 공부하다 보니 체력적으로 굉장히 힘이 들었다. 피곤함이 거의 눈으로 다 가는지 침침하고 뿌옇게 보이는 일이 잦아서 걱정되어 병원을 찾았다. 그런데 검진 결과, 노안이 시작되었다고 하는 것이 아닌가. 큰 병일 줄 알고 갔는데 노안이 시작되었다고 하는 진단을 받고 다행이라 생각하면서도 허탈함이 몰려왔다. 노안과 함께 안구건조증도 함께 있어 약만 한 보따리 받아왔다.

요즘은 암기가 딱히 필요 없는 세상을 살고 있다. 스마트폰으로 모든 것이 다 해결되니 머리로 기억해야 할 것이 많지 않다. 하지만 공부하게 되면서 암기해야 할 것이 많이 생겨났다. 시험 기간에는 특히 더 암기와의 싸움이었다. 교과서를 읽고 교수님들의 수업을 방송으로 보며 중요한 부분은 암기하면서 공부해야 했다.

체력적으로 힘은 많이 들었지만 오랜만에 공부하니 재미도 있었고, 다시 20대로 돌아간 것 같은 기분이 들어 즐겁게 생활할 수 있었다. 예전에 해보지 못한 스터디 모임도 가입해서 동기들과 함께 공부하는 재미도 느꼈고, 같이 밥 먹고 차를 마시며 우정도 쌓았다.

남편은 늦은 나이에 공부하는 아내가 고생한다고 집에 와서도 방해될까 봐 조용히 있다가 가곤 했다. 방학 때는 공부하느라 애쓴 아내를 위해 좋아하는 여행을 같이 가자고 스케줄을 짜오곤 했다. 남편 덕분에 공부하면서 생긴 스트레스를 여행지에 모두 날려버리고 올 수 있어 참 좋았다.

중간고사와 기말고사가 있는 날에는 굉장히 긴장되었다. 혹시라도 암기한 내용이 생각나지 않을까 봐 외우고 또 외우면서 공부했다. 열심히 공부한 덕분에 시험 때는 답을 잘 적을 수 있었다. 내가 공부한 만큼 시험 결과도 잘 받으면 뿌듯하고 기분 좋았다. 하지만 내가 공부한 것보다 결과가 안 좋을 때도 있었다. 그럴 때는 속상한 마음도 들었다. 속상한 마음을 동기들과 나누다 보면 다시 열심히 해야겠다는 마음이 생겼다.

4학년 때는 현장실습이 2건이나 있었다. '평생교육사'와 '사회복지사' 자격증 실습이었다. 처음에는 걱정을 많이 했는데 실습도 재미있게 잘 끝낼 수 있었다. 그렇게 늦은 나이에 대학에 들어가 6학기를 공부했다. 20대 때 보다 더 열심히 공부한 것 같다. 지금 생각해보면 힘들었지만, 보람 있었고 나도 할 수 있다는 자신감도 생겼다. 중년의 나이에 공부하면서 또 한 번 나 자신이 성장하는 계기가 되었던 뜻깊은 시간이었다.

중년이라고
다 완벽한 것은 아니다

위가 안 좋아진 후 음식을 먹는 데 많은 제한이 있다. 맵고 짜고 시고 단 자극적인 음식은 피하고 있다. 하지만 우리 주변에는 밀가루로 만든 맛있는 음식이 지천인데, 그것들을 못 먹는다는 사실이 제일 힘들다. 지인들과 만나 '가볍고 맛있게 먹을 수 있는 음식이 어떤 게 있을까?' 하고 둘러보면 대부분 밀가루로 만든 음식들뿐이라 먹을 수가 없다. 가볍게 차를 마시러 카페에 가면 커피와 달달하고 맛있는 빵들이 가득했지만, 나는 눈으로만 즐겨야 하니 내 현실이 매우 속상하고 안타깝다.

요즘은 예쁜 카페가 주변에 아주 많이 있다. 지인들과 예쁜 카페에서 사진 찍으며 차 마시고 노는 게 참 재미있다. 카페에서 사진 찍으며 인생 사진이라도 건지는 날에는 너무나 기분이 좋았다. 남편과도 여러 예쁜 곳을 골라 다니며 카페 투어 하는 것도 신나고 재미있는 놀이다.

내가 사는 부산 근교에 기장이라는 곳이 있다. 거기에는 바다를 배경으로 하나같이 멋지고 예쁜 카페들이 즐비하다. 2016년 부산으로 내려온 후 남편과 가본 첫 카페가 '웨이브온'이라는 곳이다. 입구에서부터 멋진 뷰에 감탄이 절로 나오는 카페다. 푸르고 넓은 바다를 배경으로 흰색과 하늘색의 예쁜 파라솔이 야외에 놓여 있다. 아름다운 바다와 하늘이 어우러져 마치 해외에 있는 것 같은 착각이 들 정도로 멋지고 예쁜 곳이다. 처음 방문 후 좋은 기억을 가지게 되어 가족들과 몇 번을 더 갔을 정도다.

커피를 좋아하는 나는 아메리카노도 좋아하지만 카페라떼를 참 좋아했다. 집에서도 라떼를 자주 만들어 먹곤 했다. 하지만 지금은 커피와 빵을 먹을 수 없으니 카페도 예전만큼 잘 가지 않는다. 가게 되면 얼그레이나 카모마일, 블랙퍼스트의 차 종류만 마신다.

한동안은 홍차의 매력에 빠져 수업을 들으러 다닌 적도 있다. 홍차의 기원과 역사에 대해 배우면서 세계사 공부도 같이 되었다. 홍차는 처음에는 상류층 여성의 사교생활 필수품으로 귀족들만 마실 수 있었다고 한다. 하지만 지금은 대중화되어서 언제 어디서든 홍차를 마실 수 있다.

따뜻한 물에 우려낸 홍차를 예쁜 찻잔에 담아 마시면 나도 왠지 영국의 상류층 귀족이 된 듯한 착각이 든다. 기름진 식사를 하고 난 후 마시는 홍차는 입안을 개운하게 해서 기분을 좋게 한다. 그래서 집에서도 홍차를 준비해두는 편이다.

한 가지 기억나는 추억이 있다. 서울 생활할 때 도시재생 프로젝트로 홍대 근처 연남동의 경의선 숲길이 완성되고 난 후, 남편과 데이트를 한 적이 있다. 홍대와 연남동을 가로지르는 길에는 예쁜 카페와 개성 있는 가게들이 많이 모여 있다. 버스킹도 볼 수 있고 청춘들이 자유롭게 차도 마시고 술도 마실 수 있는 낭만이 있는 곳이다.

연트럴 파크 숲길을 거닐며 억새가 군데군데 보이는 곳을 지나면서 커피를 한잔 마시고 싶다는 생각에 주위를 둘러봤다. 우리가 서 있는 곳에는 커피숍이 보이지 않았다. 길 건너에 편의점만 보였다. 분위기 있는 카페에 가서 마시고 싶었지만, 카페에 가려면 한참을 내려가야 했다. 할 수 없이 남편과 나는 편의점 커피를 마시기로 했다.

편의점에서 우리는 아메리카노를 뽑아 들고서 다시 숲길로 돌아와 벤치를 찾아 앉았다. 벤치에 앉아 푸른 숲과 파란 가을 하늘을 보며 마시는 편의점 커피가 생각보다 맛있어 웃음이 나왔다. 따끈한 커피가 담긴 일회용 종이 커피잔의 온기를 느끼며 가슴에 가을을 담았다. 나는 사계절 중에서 가을을 제일 좋아한다. 뜨겁고 강렬한 여름을 뒤로하고 풍성하고 여유로움이 느껴지는 가을이 내 모습인 양 느껴지기 때문이다.

우리는 어릴 때부터 부모님과 학교, 사회에서 항상 착하고 성실하게 살아야 한다는 말을 듣고 자랐다. 나의 경우, 오빠나 남동생에게 양보하면서 나의 감정을 드러내지 않는 것이 미덕이라 여기며 자랐다. 그 덕분에 착한 아이 콤플렉스가 생긴 게 아닌가 싶다. 착하다는 말을 많이 듣고 자랐다. 나의 내면에는 착하고 싶지 않은 마음도 있었을 텐데, 착한 아이 콤플렉스는 나를 항상 낮추고 양보하고 드러내지 않는 삶을 살게 했다. 내가 필요한 것과 원하는 것을 표현하지 못하고 내 감정에 솔직하지 못한 삶을 산 것이다. 하지만 이제는 착한 사람, 좋은 사람으로 살아남기 위해 애쓸 필요가 없다는 것을 안다.

나의 장단점을 알고 받아들이려는 태도가 중요하다. 자기 존중감이 없으면 타인이 나에 대해 칭찬을 해도 스스로 그 칭찬을 받아들이는 데 인색하게 된다. 자신의 단점에 대해서는 자기 비하감과 열등감을 느끼면서 자책하게 된다. 이러한 것들은 내가 삶의 주인공이 되는 것을 방해하는 요소다. 이제부터는 내가 나를 사랑하는 연습을 해야 한다. 물론 처음에는 어려울 것이다. 하지만 어렵다고 생각만 하지 말고 해봐야 한다. 분명 조금씩 좋아질 것이다.

중년이 되면서 완벽함을 추구하려는 욕심은 많이 내려놓게 된다. 세상에 완벽한 사람은 없다. 그런데 나는 완벽해지려는 욕심에 속앓이하면서 살아왔다. 실수하면 안 된다고 생각했다. 나의 장점보다는 단점에 집중하면서 채우려고 애쓰며 살았다. 남의 말에 신경 쓰고 나 자신이 진정으로 원하는 것에는 관심을 적게 두었다.

지금이라도 이 연결고리를 끊을 수 있어 다행이라 생각한다. 남의 시선에 관심을 둘 필요가 없다. 나 자신에게 집중하며 내가 원하는 삶을 살기에도 시간이 촉박한데 굳이 남들의 시선을 의식할 필요가 없다는 것을 중년의 나이에 깨닫게 되었다.

사람은 완벽하지 않다는 것을 나 스스로 받아들인다. 이제부터라도 조바심 내지 말고 마음에 여유를 갖는 연습을 한다.

인정받으려고
애쓰지 않기

언젠가 지하철 역을 지나가는데 너무나도 멋진 피아노 소리가 들려와 스피커에서 피아노 연주 음악이 나오는 줄 알았다. 그런데 어떤 젊은 청년이 지하철 역 안의 그랜드 피아노를 멋지게 연주하고 있는 것이 아닌가? 아마 전공자이거나 피아니스트였을 것 같다.

멋진 피아노 연주를 듣고 있으니 초등학교 때 피아노를 쳤던 기억이 생각났다. 나는 초등학교 때 피아노 학원에서 피아노를 배웠었다. 시작할 때는 조금 두려웠지만, 배우면서 재미있다고 느꼈고, 선생님한테 잘 친다고 칭찬받으면 기분이 굉장히 좋았다.

피아노를 배우고 얼마 안 있어 아빠가 피아노를 사주셨다. 당시, 얼마나 기뻤는지 모른다. 엄마가 연습하라고 시키지 않아도 매일매일 빠지지 않고 연습하면서 학원에 다녔다.

피아노를 배우면서 연주회도 하고 피아노 콩쿠르도 나가게 되었다. 하지만 콩쿠르에 나가도 큰 상을 타지 못했다. 조금 실망은 했지만 나는 여전히 음악이 좋고 재미있다. 지금도 잘 치지는 못하지만 아주 가끔 취미 삼아 치곤 한다.

아이들이 어렸을 때 내가 피아노를 치면 아이들은 피아노 의자 밑에 앉아 피아노 연주 소리를 들으며 놀곤 했다. 두 아이에게도 피아노를 배우게 했지만, 억지로 강요하지는 않았다. 아이를 가졌을 때도 태교로 피아노를 치거나 클래식 음반과 자연의 소리가 담긴 CD를 많이 들었다. 정서적으로 편안한 상태에서 안정을 취하려고 노력했다. 그래서 그런지 아이들은 음악을 굉장히 좋아하고 즐긴다.

음악은 우리와 항상 함께한다. 자연의 소리도 음악이 될 수 있다. 집이 산과 가까워 새들이 지저귀는 소리를 많이 들을 수 있다. 자세히 듣고 있노라면 새들이 내는 소리가 자기네들끼리의 대화 소리처럼 들릴 때가 있다. 뭐라고 하는지 종종 궁금해지곤 한다.

작은아이는 목소리가 좋고 예뻐 초등학교 때 합창단에 들어가 활동을 했다. 집과 거리가 멀어서 오래 하지는 못했지만 노래 부르는 것도 좋아하고 잘하는 편이다. 작은아이는 미술에도 소질이 있다. 일반 인문계 고등학교에 다니고 있었는데 고2 겨울방학 때쯤 갑자기 미술을 하고 싶다고 했다. 대학 들어가려면 1년이란 시간 밖에 안 남았는데 갑자기 진로를 바꾸겠다고 해서 굉장히 난감했다.

하지만 나의 교육철학은 '아이가 좋아하고 하고 싶어 하는 것을 하게 하자'는 주의였기에 원하는 방향으로 갈 수 있게 도와주는 게 맞다고 생각했다. 그래서 홍대에 있는 미술학원을 알아보고 등록을 시켰다.

작은아이는 본인이 하고 싶어 하는 것을 하게 되니 아주 열심히 했다. 하지만 아이가 고3이었을 때 남편은 쉬게 되어 본가가 있는 고향으로 내려가려는 계획을 세우게 되었다.

작은아이 혼자 서울에서 생활하게 할 수가 없어 작은아이도 같이 고향인 부산으로 가자고 했다. 부모가 가자고 하니 작은아이는 별말 없이 우리를 따라왔다. 입시 준비를 서울에 있는 대학을 목표로 준비하다 갑자기 부산을 가게 되어 부산에 있는 미술대학에 원서를 내야 했다. 부산의 미술대학 정보를 전혀 알지 못했던 탓에 원래 실력보다 아이의 시험 결과가 좋지 않았다. 다시 재도전할 수밖에 없었다.

그렇게 작은아이는 다음 해를 기약하며 부산에서 재수 생활을 하게 되었다. 부산에 있는 미술 입시학원에서는 부산의 각 미술대학의 정보를 가지고 있어 어떤 방향으로 가야 할지 알고 있었다. 그렇게 작은아이는 재수하면서 다시 시험을 볼 수 있었다. 다행히 시험 결과는 좋았다. 2개의 대학에 동시에 붙었다. 집과 가까운 학교를 선택해서 다니게 되었다. 하지만 초등학교 1학년부터 고3까지 12년 동안 서울에서 생활했던 터라 아이는 부산에서 생활하는 것에 익숙해하지 않았고 정서적으로도 잘 맞지 않는다고 불평했다.

방학 때면 서울에 있는 친구들을 만나면서 서울에 가고 싶은 마음을 많이 내비쳤다. 그러면서 대학 2학년까지만 학교에 다니고 쉬면서 친구와 유럽 배낭여행도 다녀왔다. 나는 아이가 1년 쉰 그다음 해에는 복학할 줄 알았다. 그러나 아이는 아직 준비가 안 되었다며 1년을 더 쉬려고 했다.

나는 아이가 이해가 되지 않았다. 그렇게 좀처럼 아이와 내 마음의 간극이 좁혀지지 않았다. 그렇다고 억지로 학교에 보낼 수는 없었다. 마음이 힘들다고 하는 아이를 더 이상 설득하려고 하는 것은 무리였다. 아이가 준비가 되었을 때 가게 하는 게 맞다고 생각하고 기다려주는 수밖에 없었다.

아이는 그렇게 1년을 더 쉬고 3학년에 복학할 수 있었다. 하지만 진로를 결정하는 데 어려움이 많았다. 전공을 선택하는 과정에서 생각지도 않은 변수가 생겨 힘들어했다. 작은아이가 대학생이 되면 많이 편할 줄 알았는데 그렇지 못했다. 아이도 많이 힘들었지만, 엄마인 나도 너무 힘들었다. 착하기만 하고 잘 순응하는 딸이라고 생각했는데 그렇지 않았다. 아이는 초·중·고 12년에 재수 1년, 대학 2년 생활 동안 쉬지 않고 달려오느라 너무 많이 지쳐 있었고, 어릴 때 받은 상처가 켜켜이 쌓여 있었다.

아이는 심리상담을 받으면서 상처를 치유하려고 애썼다. 그런 아이를 보면서 나 또한 많이 힘들었고 많이 아팠다. 아이가 나에게 상처받은 일을 말할 때면 나는 미안하다고 말하기보다 이유를 설명하기에 바빴다. 아이의 감정을 어루만져주고 공감해주기보다는 변명하기에 급급했다. 그러면서 아이는 더 상처를 받았고, 그렇게 나와의 사이는 더 멀어졌다. 엄마인 내 마음이 아직 준비가 안 된 탓이다.

과거에 나도 엄마에게 상처받은 이야기를 하면 엄마는 변명하기에 급급하고 내 감정을 이해 못 한다고 생각했다. 그런데 나도 똑같이 내 아이한테 엄마와 똑같은 행동을 하고 있었다. 내가 먼저 변해야 한다는 생각이 들었다. 이런 생각이 들고부터는 아이와 대화할 때 내 이야기보다는 아이의 이야기에 집중하려고 애썼다. 아이의 마음과 감정을 이해하고 공감하려고 노력했다. 처음에는 힘이 들었고, 불쑥 내 이야기를 하려는 마음이 들었지만, 다시 마음을 가다듬고 최대한 아이의 마음과 감정에 공감하려고 애썼다.

차츰차츰 아이도 내 마음을 받아들이고 이해하려고 하는 게 보였다. 아이와 대화하면서 한 사건에 대해 생각하고 바라보는 관점이 너무도 다르다는 생각이 들었다. 아이의 시선에서 바라보는 사건과 어른인 나의 관점에서 바라보는 사건에는 너무 큰 차이가 있었다.

아이가 서울을 그리워하고 부산에서의 생활을 힘들어했는데 아이의 마음을 헤아려주지 못했던 것 같아 미안한 마음이 많이 들었다. 아이를 인정해주지 못했다. 아이는 지금도 방황하고 있다. 하지만 나는 언제까지나 아이를 지지해주고 인정해주려고 노력할 것이다. 엄마가 언제나 사랑하고 있고 영원히 사랑할 거라는 것을 아이 마음 깊은 곳까지 닿게 되면 좋겠다.

지나간 과거에
미련을 두지 말자

요즘은 음악을 유튜브로 많이 듣게 된다. 내가 좋아하는 가수를 검색하면 다양한 리스트가 나와 입맛에 맞게 선택해서 듣곤 한다. 최근에 좋아하고 많이 듣게 된 가수 중 잔나비 밴드가 있다. 잔나비 밴드의 음악은 매력적이면서 감성에 젖어 들게 하는 마력이 있다. 종일 들어도 질리지 않는다.

서정적인 가사와 가수의 음색이 굉장히 잘 어울린다. 또한, 〈사랑하긴 했었나요. 스쳐가는 인연이었나요. 짧지 않은 우리 함께했던 시간들이 자꾸 내 마음을 가둬두네〉, 〈뜨거운 여름밤은 가고 남은 건 볼품없지만〉 등 노래의 제목과 가사가 한 편의 시를 연상시킨다. 멜로디도 너무나 감미롭고 가슴에 진한 여운을 남긴다.

나는 과거에 힘들고 어려웠던 내 마음을 치유하기 위해 상담 치료를 받으러 다닌 적이 있다. 가족과 생활하면서 남편과의 관계, 아이들과의 관계에서 내 마음 상태와 감정이 힘든 이유를 몰랐기에 그 이유를 알고 싶었다. 상담을 받으면서 어릴 때 제대로 된 지지와 인정, 사랑과 공감을 양육자로부터 받지 못하고 자라 내 내면에 상처받은 어린아이가 있다는 것을 알게 되었다.

상처받은 내면 아이를 치유해야 지금의 내가 건강해진다는 것을 알았다. 어릴 때의 일을 기억해내면서 상처받은 내면아이와 맞닥뜨려야 했다. 일어난 사건의 내용에 대해 자세히 기억해내지는 못하지만, 감정은 남아 있기에 그 감정과 마주해야 했다. 외로운 마음과 버림받을까 봐 두려운 마음, 사랑받고 싶은 마음이 공존해 있었다. 몸은 어른이 되었지만, 유년기에 어린아이는 상처로 인해 트라우마를 지니고 있었다. 그때의 아픈 감정을 다시 느끼는 작업은 쉽지 않았다. 상처받고 힘들었던 감정을 또다시 마주하니 많이 힘들고 아팠다.

그 당시 상처받은 내면아이에게 현재 어른인 내가 공감해주고 사랑해주는 작업을 했다. 그런 작업을 통해 조금은 치유가 되었지만 깊은 상처는 하루아침에 쉽게 낫는 게 아니었다. 치유될 때까지 오랜 시간 지속해줘야 하는 작업이었다.

어쨌든 내 마음 상태와 감정이 힘든 이유를 알게 되었다는 것이 나한테는 큰 수확이었다. 화나거나 짜증이 나는 등 힘든 감정이 올라오면 나를 객관적으로 보는 연습이 필요하다는 것도 알게 되었다. 상처 치유 작업을 하며 우리 인간에게 사랑이 얼마나 중요하고 소중한지 새삼 깨달았다. 많은 사람이 어릴 때 부모로부터 온전히 사랑받지 못해 평생을 힘들어하며 방황하는 상황에 놓이게 될 수도 있다는 것을 알았다.

흔히 '세 살 버릇 여든 간다'라고 말한다. 태어나서 3살까지 만들어진 인성과 6살 때까지 부모와 주변 인물들과의 관계가 평생을 좌우한다는 것이다. 이 말의 뜻을 알고는 아주 무서운 말이라는 느낌이 든다. 그만큼 어린 시절이 중요하다는 것을 다시 한번 깨닫게 하는 말이다. 나의 억압된 무의식의 세계를 알고 그 내재된 감정을 끌어올려 의식화하면서 통합하는 작업은 나를 조금 더 성장시키는 계기가 되었다.

요즘은 글을 쓰면서 잊고 있었던 과거를 많이 회상하게 된다. 상담 치료를 한창 받으러 다녔을 때가 30대였는데, 30대의 내 모습과 마주하게 되면서 그 당시 내가 좀 더 좋은 엄마, 좋은 아내가 되려고 노력했다는 게 대견하게 느껴진다. 나 자신한테 칭찬해주고 싶다. 애썼고 수고했고 잘했다고.

지금은 이런 내 모습이 좋다. 지금도 실수투성이고 서툴지만, 있는 그대로 바라볼 수 있게 되었다. 마음도 매우 평온해지면서 짜증이나 화도 잘 안 난다. 부정적인 감정보다 긍정적인 감정을 더 많이 갖게 되었다. 종일 기분 좋은 상태가 지속된다. 규칙적인 생활이 가능해졌고 사람을 만나도 활기가 생기면서 건강이 아주 좋아 보인다는 소리를 듣는다.

비가 와도 좋고 바람이 불어도 좋고 해가 뜨거워 땀이 나도 괜찮다. 이제는 과거의 힘들었던 나 자신과 서서히 이별하는 시간을 가지게 되는 것 같다. 더는 과거에 연연해하며 힘들어하고 미련을 둘 필요가 없다는 것을 깨닫게 되었다. 어차피 일어나야 할 일은 일어난다고 했다. 일어난 일에 대해 받아들이고 해결책을 생각하게 되지, 후회나 자책은 필요하지 않다는 것을 알게 되었다.

다른 사람을 통한 인정과 칭찬, 지지를 받는 것도 좋지만 내가 나한테 해주는 칭찬과 인정, 지지야말로 최고의 선물이라 생각한다. 내가 나를 인정하고 존중해야 발전하고 성장한다. 나의 힘들고 아픈 경험을 받아들이는 소중한 시간에 감사한다.

내 책장 속에 먼지 묻은 책 한 권이 있었다. 30대 때 심리상담 치료하면서 공부한 존 브래드쇼(John Bradshaw)의 《상처받은 내면아이 치유》다. 책속에 A4 종이 한 장이 끼워져 있었다. 30대인 내가 어린아이인 작은 숙경이한테 쓴 편지였다. 이 편지를 읽으며 더 이상 과거의 나에게 미련을 둘 필요가 없다고 느꼈다. 어른 숙경이가 작은 숙경이를 사랑하고 지지하고 인정해주기로 약속했기에.

작은 숙경아!

넌 호기심이 많지? 그건 좋은 일이란다. 물건을 갖고 싶고, 보고, 만지고, 맛보는 모든 것이 다 괜찮단다. 네가 해보고 싶은 대로 할 수 있도록 안전한 환경을 만들어줄게. 네 모습 있는 그대로를 사랑한다.

작은 숙경아. 내가 지금 여기 있는 것은 너에게 필요한 걸 주기 위해서란다. 하지만 네가 날 돌봐줄 필요는 없어. 네가 보살핌을 받는 건 아주 당연해. 싫다는 말을 해도 괜찮아.

작은 숙경아, 난 네가 너 자신이 되고 싶어 하는 게 무척 기뻐. 우리 둘다 화가 날 수도 있지만, 그건 지극히 당연한 거야. 우리는 그 문제를 해결하려고 함께 노력할 거야. 네 방식대로 뭔가 하려고 할 때 겁이 나는 건 당연해. 네가 원하는 대로 되지 않을 때 슬퍼해도 괜찮단다. 어떤 일이 생겨도 난 널 절대로 떠나지 않을 거야.

넌 언제나 너 자신의 모습을 가질 수 있고, 내가 언제나 널 위해 있다는 것을 믿어줘. 말하고 걷는 법을 배우는 네 모습을 지켜보는 게 얼마나 좋은지, 네가 독립하려 하고 쑥쑥 자라는 것을 지켜보는 게 얼마나 행복한지 모른단다.

널 사랑해. 넌 정말 소중하단다. 작은 숙경아!

현재에 감사하고
또 감사하기

내가 최근에 읽은 책 중에 정말 좋아하고 아끼는 책이 있다. 고이케 히로시(小池 浩)의 《2억 빚을 진 내게 우주님이 가르쳐준 운이 풀리는 말버릇》이다. 저자는 의류점을 운영하면서 진 2,000만 엔의 빚 때문에 파산 지경에 몰렸지만, 벼랑 끝에서 우주와 연결을 생각해내고, 긍정적인 말버릇으로 잠재의식을 정화한다. 그렇게 해서 2,000만 엔의 빚을 모두 갚고 인생 역전을 이루면서 성공한 삶을 살게 된다.

책을 읽으며 나도 정말 원하는 것이 있으면 간절히 원하고 행동해봐야겠다고 생각했다. 나도 저자처럼 '감사합니다'라는 말을 틈만 나면 소리 내어 말하면서 많은 것들이 달라지기 시작했다. '감사합니다'라는 말을 계속하다 보면 내가 처한 현실, 내가 가진 것에 정말 감사하게 된다. 당연하다고 생각되었던 것들이 너무 감사하고 벅차 눈물이 쏟아질 때가 많다. 생활하다가도 부정적 감정이 올라오면 '감사합니다'를 말하면서 정화하는 과정을 거친다. 그러면 부정적 감정이 사라지고 좋은 감정, 기분 좋은 감정이 나를 지배하게 된다.

일주일에 두 번씩 자원봉사하는 한글 문해수업에서는 어르신들이 항상 나에게 '감사하다'라는 말을 많이 해주신다. 문해교사로 수업을 진행하고 어르신들의 부족한 공부를 가르쳐드리는 것만으로도 학생들은 나에게 감사함을 많이 표현한다. 감사하다는 말을 들으면 나도 기분이 좋고 하나라도 더 알려드리고 싶은 마음이 든다. 타인에게 도움을 줄 수 있다는 것 또한 감사한 일이 아닐 수 없다.

글을 쓰고부터는 나의 내면이 많이 바뀌기 시작했다. 부끄럽게도 중년의 나이가 되어서도 예전에 상처받은 나 자신만 생각하기에 바빴다. 하지만 부모님께 고마운 마음, 감사하는 마음이 가슴 깊은 곳에서 올라왔다. 예전이나 지금이나 부모님은 똑같으시다. 하지만 내 생각과 의식이 바뀌니, 나를 낳아준 부모님에 대한 감사함이 느껴졌다. 부모님이 옆에 계셔주셔서 감사하다는 생각을 많이 하게 된다. 내가 존재할 수 있는 이유도 부모님 덕분이라는 것을 가슴에 깊이 새기며 감사하고 사랑하는 마음을 가지게 되었다.

아이들과 일본 여행 갔을 때 있었던 일이다. 길 가던 사람에게 두 번이나 도움을 받았다. 그때는 1월이라 눈도 많이 오고 추운 날이었다. 한번은 우리가 가려고 한 목적지가 핸드폰의 로드맵으로도 나오지 않아 난감해하다가 길 가던 사람에게 목적지를 물어봤다. 우리가 딱해 보였는지 직접 목적지까지 안내해주는 게 아닌가? 10분 이상을 함께 걸어서 목적지에 도착할 수 있었다. 먼 거리를 직접 안내해주는 것이 쉽지 않은 일인데 너무 감사했다.

다음 날, 여행지에서 여행하고 숙소로 돌아가려고 하던 참에 아들은 잠시 서점에 가서 책을 사고 딸과 나는 먼저 숙소로 가려고 했다. 한참 가다 보니, 점점 날이 저물어 어두컴컴해지면서 숙소가 보이지 않았다. 쉽게 찾을 수 있을 것 같았던 숙소가 보이지 않고 날은 저물어 어두워진 상태라 딸과 나는 불안감과 두려움이 몰려왔다. 분명히 이 길이 맞다고 생각했는데 아니었던 것이다. 핸드폰은 무용지물인 데다 인적도 드물었다.

다시 우리가 왔던 길을 돌아 한참을 가니 상점도 조금 보이고 지나가는 사람도 볼 수 있었다. 지나가는 사람을 붙잡고 우리가 묵은 숙소를 말하니, 또다시 직접 우리를 숙소까지 안내해주는 것이 아닌가? 우리는 또 일본인의 친절에 감탄하면서 무사히 숙소에 도착할 수 있었다.

일본 여행을 하면서 친절함이 몸에 밴 일본 사람들 덕분에 기분 좋게 여행할 수 있었다. 일본은 우리나라와 지리적으로는 가깝지만 여러 이유로 마음은 먼 나라라는 이미지가 있다. 역사적으로 좋지 않은 감정도 많지만, 아이들과 여행하면서 이때만큼은 일본이라는 나라의 이미지를 좋게 가질 수 있었다.

《2억 빚을 진 내게 우주님이 가르쳐준 운이 풀리는 말버릇》에서는 '드림킬러'에 대해 언급하고 있다. '드림킬러'란 불행에 익숙해져 있는 사람이 '행복해지겠다'라고 결심하고 주문을 해서 행복한 변화가 찾아오면 반드시 그동안 익숙했던 불행으로 되돌리려는 훼방꾼이 나타난다. 좋은 일이 있어도 그것이 계속 이어지지는 않을 것 같은 불안감이 느껴진다. 잠재의식의 불안감이 겉으로 드러난 것, 훼방꾼이 드림 킬러다!

이 '드림킬러'를 퇴치하는 방법은 자신의 주문에 대해 자신감을 가지고 당당하게 "문제없어"라고 대답하면 된다. 그리고 자신을 향해 전적인 신뢰와 사랑을 전하고 "커다란 변화와 행복을 받아들일 준비는 갖춰졌어!"라고 당당하게 주문하면 된다고 했다.

어떤 새로운 일을 하려고 하면 내 안에 불안감과 두려움이 올라온다. '내가 선택한 것이 올바른 선택이 맞을까?', '내가 이것을 하면 안 되는 게 아닌가?' 등등 많은 부정적인 생각이 올라오면서 하려고 하는 일에 집중하지 못하는 경우가 있다. 하지만 내가 진정으로 원하고 있는지 나 자신에게 물어보면 그 답을 얻을 수 있다. 안되는 이유를 생각하지 말고, 해야하는 이유, 되는 방법만 생각하면 일은 의외로 술술 잘 풀린다. 내가 스스로를 믿고 일을 해나간다면 많은 일에서 긍정적 효과가 나타날 것이다. 나를 제일 잘 아는 사람은 나이기에 나를 믿고 행동하면 된다. 내가 내 마음의 주인이 되고 주체가 되는 것이다.

김주환 교수님의 《회복탄력성》에서는 매일 밤 잠들기 전 하루 동안 있었던 일을 돌아보며 감사한 일 5가지 이상을 수첩에 적어두라고 했다. 인생에서의 막연한 감사가 아닌, 하루 동안 있었던 일 중에서 구체적으로 적는다. 머릿속으로 하는 회상만으로는 부족하고 반드시 글로 기록한 후에 잠을 청하라고 했다.

왜 잠자기 전에 하는 게 효과적일까? 그것은 잠자는 동안에 뇌의 작용, 즉 습관화가 효과적으로 일어나기 때문이다. 또한, '감사하는 마음'이 심장박동수를 가장 이상적으로 유지시켜준다고 한다. 즉, '감사하기'는 사람의 마음과 몸을 최상의 상태로 유지시켜주는 것이다.

우리는 삶을 살아가면서 부정적 생각과 감정에 휩싸일 때가 많다. 사람들과의 교류를 통해 다른 사람의 시선, 생각과 하는 말에 신경을 쓰고 살아간다. 그렇게 되면 원래 나라는 사람은 작아지고 쪼그라든다. 그런데 더 이상 이런 부정적인 생각과 남들의 시선에서 벗어나야 한다. 과거의 시간에서 벗어나고 남들의 시선에서 무감각해져야 한다.

나에게 집중하게 되면 나의 장점을 알게 되고, 나를 살피기에도 바쁘다. 내가 원하는 것, 내가 잘하고 좋아하는 것에 집중하는 시간을 가지게 된다. 그러다 보면 자연히 남을 신경 쓸 여유가 없어진다. 나의 사랑하는 가족과 내 주변의 소중한 사람들과 더 많은 시간을 보내면서 인생을 즐기며 사는 게 감사하고, 행복한 삶이라 생각한다.

5장

당신의 중년을 응원합니다

세월이 나에게 준
소중한 선물

오래전, 꿈 분석가이자 신화학 박사인 고혜경 님의 강의에 참석한 적이 있다. '꿈은 매일 밤 신이 우리에게 보내준 연애편지'라 하며, '꿈은 내가 누구인지 알고 싶다'라는 궁극적 궁금증을 풀 수 있는 도구라고 했다. 모든 꿈은 다 중요한 의미가 있고, 우리가 흔히 말하는 '개꿈'조차도 의미가 있다고 했다. 우리 인간이 꿈을 꾸는 이유는 내 건강과 성장을 도와주기 위해서라고 한다. 박사님의 강의는 아주 흥미롭고 재미있었다.

나는 꿈을 많이 꾸고 잘 기억하는 편이다. 앞으로 일어날 일에 대해서 꿈을 자주 꾸기도 하고 그 꿈이 잘 맞는 편이다. 흔히 말하는 예지몽이다. 내가 꾼 꿈이 현실로 나타날 때는 종종 소름이 돋기도 한다. 가족을 포함해 나와 가까운 지인들의 특별한 일을 내가 먼저 꿈을 꾸어 알게 되는 경우도 있다. 내가 생각해도 신기할 따름이다.

이 세상은 젊은 청춘에게 꿈을 정하고 목표를 향해 앞으로 나아가라 한다. 물론 멋진 꿈을 정하고 열심히 도전하는 청춘들도 있다. 하지만 현실은 많은 청춘이 꿈을 정하는 것조차 힘겨워하고, 하루하루 생활하면서 자신의 한 몸 지탱하는 것조차 버거워한다. 많은 젊은 청춘들이 결혼을 포기하고 비혼주의를 택하고 있다. 일해서 받은 월급으로 자신한테 쓸 돈도 벅찬데 결혼해서 배우자와 아이까지 책임지는 상황은 너무 힘들다고 인식한다. 혹은 결혼은 하되 아이 없이 딩크족으로 사는 삶을 택하는 경우도 흔하다.

결혼하는 커플과 출산율의 통계를 보면, 대한민국의 현실이 어떤지 알 수 있다. 〈매일경제〉 박제완 기자의 2023년 9월 6일 자 기사를 보면 초혼 부부의 혼인 건수가 2010년 이래 12년 만에 절반 가까이 줄어든 것으로 나타났다. 평균 초혼 연령은 남성 33.7살, 여성 31.3살로 집계되었는데, 이는 2010년과 비교해 2~3살가량 높아진 수준이다. 지난해(2022년) 혼인 건수는 2010년 당시보다 42%가 줄어든 수치다.

통계청에 따르면, 2022년 대한민국 가임여성 1인당 합계 출산율은 0.78%다. 결혼도 잘 하지 않거니와 출산율도 해마다 떨어지고 있다. 250조 원을 쏟아부어도 출산율은 오르기는커녕 떨어지고 있다. 대한민국의 미래가 암울하다고 모두 걱정한다. 해결점에 대해서 전문가들의 많은 의견이 나오고 있지만, 별다른 해결 방안이 보이지 않고 있다.

우리는 SNS의 홍수 속에 많은 사람들의 삶을 엿보고 있다. 명품으로 치장하고 멋진 곳에서 여행하며 비싼 음식을 먹는 사진이 많이 올라와 있다. 그런 남과의 비교를 통해 좌절감을 느끼며 나의 삶을 초라하게 생각한다. 유행하는 수저계급론으로 부모와 사회가 자신을 힘들게 한다고 생각하며 화살을 돌린다.

현재 셀트리온 명예회장으로 있는 서정진 회장의 이야기가 많은 사람들에게 귀감이 되고 있다. 그의 아버지는 연탄 장사를 했고 그도 어린 시절부터 연탄배달과 아르바이트를 하면서 열정적으로 살았다. 운이 좋아만 32살에 대우그룹 임원이 되었지만, IMF로 인해 회사를 그만두게 되었다. 그런 후 재취업이 힘들어 45살에 5,000만 원으로 사업을 시작했다.

주변에서는 사업을 한다고 하니 나이가 많아 늦었다고, 돈이 많이 든다고, 전문가여야만 가능하다고 이야기했다. 하지만 서 회장은 주변에서 말하는 것은 핑계일 뿐 절실하다면 가능하다고 말한다. 또한 젊은 사람들이 가지고 있는 제일 큰 재산인 하루의 시간을 어떻게 쓰느냐에 따라 본인의 미래가 결정된다고 했다.

그러니까 결국 내 미래는 부모님의 직업과 학벌, 인맥이 아니라 내가 쓴 시간이 모여 결정된다는 것이다. 돈이 많이 있으면 성공을 하는 것이 조금 더 쉬울 수는 있겠지만, 돈이 없다고 해서 성공하지 못하는 것은 아니라고 했다. 평범한 사람이 성공할 수 없는 것이 아니라 어떻게 하느냐에 따라 성공한 사람으로 바뀌어 있는 것이다. 나이는 젊으면 조금 유리하겠지만 절대적인 조건은 아니라고 했다.

공부의 폭을 넓히고 정보의 폭을 넓혀야 한다. 생활 습관과 행동을 바꿔야 한다. 도전은 성공할 때까지 하는 것이다. 그래서 실패라는 단어는 없다. 아직 성공하지 않은 것뿐이다. 도전해야 열정이 생기는 것이지, 열정은 누가 주는 선물이 아니다. 최소한 미안함과 고마움을 아는 사람만이 성공할 수 있고 해야만 한다고 서 회장은 강조했다.

수저 타령 이전에 '헬조선'이라는 말이 유행했었다. 헬조선은 '지옥을 의미하는 '헬(hell)'과 우리나라를 의미하는 '조선'을 결합해서 만든 말로, 열심히 노력해도 살기가 어려운 한국 사회를 부정적으로 이른다.

많은 외국인들이 한국에 여행 와서 빠른 인터넷 문화와 깨끗한 지하철과 공중 화장실 등 편리한 생활환경에 놀란다. 우리나라는 안전하게 거리를 활보할 수 있는 몇 안 되는 나라 중 하나다. 전 세계적으로 유명한 'K-POP'으로 우리나라의 위상이 많이 달라졌다. 우리는 많은 부분에서 해결해야 할 문제들이 많은 것은 사실이지만 우리가 스스로 헬조선으로 폄하하고 깎아내릴 필요까지는 없다고 생각한다.

우리가 성공하지 못한 것을 사회 탓, 부모 탓으로 돌리는 것은 변명에 불과하다. 우리의 시간은 유한하다. 나의 성공은 내가 얼마나 열정을 가지고 목표를 향해 끊임없이 노력하느냐에 달려 있다.

많은 사람이 남들과 비교하며 살아간다. 나 또한 남들과 비교하며 산 적이 있었다. 아이들이 남들보다 좋은 학교, 아니면 남들이 가는 만큼의 학교에 갔으면 좋겠다고 생각한 적이 있다. 남편이 남들이 버는 만큼 벌었으면 좋겠다고 생각한 적이 있다. 하지만 사람마다 가진 능력에 차이가 있고, 생각하고 느끼는 바가 같을 수 없다.

내 기준에 맞게 가족을 내 마음대로 좌지우지할 수는 없다. 나는 예전에는 이 중요한 사실을 간과하고 살았다. 남들에 비해 부족한 것들만 눈에 보이고 느껴지니 어찌 행복할 수 있었겠는가? 타인과 비교하는 순간 행복은 사라지고 마음은 힘들어진다.

세월이 나에게 준 선물 중 가장 소중한 것은 시간의 유한함을 느끼게 해준 것이다. 젊었을 때는 시간의 소중함을 잘 몰랐고 느끼지 못했다. 시간은 무한하다고 생각하고 시간을 아끼기보다는 돈을 아끼려고 했다. 하지만 지금은 돈도 물론 중요하지만 그보다 중요한 것은 시간이다. 시간이 얼마나 귀하고 소중한지 알게 되었다. 요즘은 24시간이 너무 짧게 느껴진다. 시간을 허투루 쓰지 않으려고 한다. 혼자만의 시간을 최대한 아껴 쓰면서 우선순위를 정해놓고 시간을 절약하며 생활하고 있다.

내가 결정한 일을 해나가면서 기쁨과 희열을 느낀다. 중년의 나이에 새로운 도전을 하는 만큼 나 스스로가 대견하다고 느껴지니 행복하지 않을 수가 없다. 과거에는 자식과 남편한테만 의지하고 내 삶이 없는 생활을 했다. 현재는 내가 내 삶의 주인공이 되어 생활하니 하루하루가 더 소중하고 감사하다. 혼자만의 편안함과 여유를 즐기며 그 누구한테도 방해받지 않고 오롯이 나한테 집중할 수 있는 시간이라 참 좋다.

도전은 나이와
상관이 없다

남편은 한 가지 일을 하면 성실히, 열심히는 기본으로 하면서 최선을 다한다. 본업도 성실히 하지만 본인이 좋아하는 취미 생활도 열심히 하면서 최선을 다하고 있다. 바쁜 일과를 보내면서도 잠을 줄여가며 집 근처 문화원에서 서예 수업을 20년째 받고 있다. 이런 남편의 서예에 관한 열정에 감탄이 나오곤 한다. 8년 전에는 인사동 한국미술관에서 개인 서예전을 가졌고, 현재는 서예 작가로 활동하고 있다. 코로나가 있기 전까지 광화문에서 매주 자원봉사로 '가훈 써주기' 행사에 참여했고, 현재는 잠수대교에서 주말에 봉사활동을 한다.

남편은 카페나 도서관, 박물관을 방문했을 때, 좋은 글귀가 보이면 사진을 찍어 저장해둔다. 노랫말 가사나 영화를 보고 감명 깊은 장면이나 멋진 대사가 나오면 저장했다가 나중에 멋진 서예 작품으로 재탄생시키는 작업을 하곤 한다. 이런 취미 생활을 하는 남편이 너무 멋지고 한편으로는 부럽기까지 하다. 왜냐하면 나는 딱히 지속해서 해온 취미가 없기 때문이다. 지속해서 할 만큼 매력적이고 하고 싶은 취미 생활을 찾지 못했다. 간혹 있다고 해도 지속해서 드는 비용이 부담스러워 엄두가 나지 않아 못했던 것도 있다.

그나마 꾸준히 해왔던 것은 운동이었다. 서울에 살 때는 커브스에서 30분 순환운동을 하며 근력운동, 유산소운동을 10년 가까이 했다. 그 이후에는 4~5년 정도 꾸준히 필라테스를 했다. 필라테스는 유연성도 길러주고 근력운동도 가능하면서 몸매도 매끈하고 예쁘게 만들어주니 안 할 이유가 없다.

필라테스 강사들은 대부분 예쁜 몸매를 가지고 있어 동기부여도 된다. 나는 골반이 틀어져 있어 치마를 입으면 허리 쪽이 돌아가기 일쑤였다. 평소에 바른 자세로 있기가 힘이 들고, 앉아 있을 때도 다리를 꼬아야 편했다. 필라테스는 이러한 평소 나의 잘못된 자세를 바로잡고 유연성을 기르고 싶은 마음에서 시작했다. 그런데 생각보다 운동 강도가 약하지 않았다. 처음에 한 동작씩 따라만 하는 것도 버거웠고, 하고 나면 땀이 굉장히 많이 났다. 운동을 끝내고 나면 기진맥진하면서 상당히 힘들었다. 그렇게 땀을 흘리고 나면 왠지 상쾌하면서 몸이 가벼워지는 느낌이 들었다. 처음에 힘들었던 동작이 조금씩 익숙해지면서 유연성도 조금 생겼다.

필라테스를 할 때는 호흡이 중요하다. 숨을 들이마실 때 배와 흉곽이

넓어지면서 커지고, 숨을 내쉴 때는 다시 줄어들면서 작아진다. 호흡을 통해 몸속 노폐물을 배출시키는 효과가 있다. 그러면서 내 몸의 상태를 살피고 내 몸에 대해 느낄 수 있다. 필라테스에서는 운동복도 중요하다. 강사님들은 대부분 몸에 밀착되면서 노출이 되는 옷을 입는다. 처음에는 익숙하지 않았지만 운동하다 보면 그렇게 입어야 하는 이유를 알게 된다.

내 몸의 상태를 알려면 몸에 밀착되는 옷을 입을 수밖에 없다. 동작할 때 내가 쓰는 근육과 호흡할 때 몸의 상태를 체크해야 하기 때문이다. 처음에는 레깅스를 입는 게 민망하고 쑥스러웠지만, 곧 익숙해지고 편안함 때문에 운동할 때는 무조건 입게 된다. 필라테스는 실내 운동이다 보니 계절과 날씨에 구애를 받지 않아서 좋다. 여러 면에서 하기 좋은 운동이다. 그 어떤 운동보다 매력적이고 좋아했던 운동이었는데 눈에 문제가 생기면서 운동을 쉬어야 했다.

눈에 눈물이 고여 눈물샘을 뚫는 수술을 한 적이 있다. 원래 눈물은 눈물이 다니는 길을 통해 자연스럽게 흘러야 하는데 나는 눈물길이 막혔었다. 막힌 이유는 정확히 알지 못하지만, 눈물샘이 막혀 생활에 상당히 불편함을 겪었다. 날이 추워지면 그 증상이 더 심해져 너무 불편했다. 시도 때도 없이 눈물이 흐르니, 항상 손수건이나 휴지를 가지고 다니면서 눈물을 닦아주어야 했다.

눈물이 나오는 증상 때문에 처음에는 동네 가까운 안과에 가서 증상을 이야기하고 진료를 받았다. 그런데 동네 병원에서 쉽게 해결할 수 있는 문제가 아니었다. 큰 병원에 가야 한다고 했다. 귀찮기도 하고 해서 계속 미루다가 점점 상태가 심해져 하는 수 없이 큰 병원에서 수술해야 했다.

대학병원에 가서 검사하고 수술일을 잡는 데 7~8개월이 걸렸다. 처음에는 간단한 수술이라 생각했는데 수술 전날 병원에 입원해서 1박을 해야 했고, 수술 전에 전신마취도 해야 했다. 수술은 무사히 잘되었고 몇 달간은 회복하는 데 신경 써야 했다. 그러면서 자연스럽게 필라테스 운동과는 점점 더 멀어졌다.

중년이 되니 힘 안 들이고 편하게 할 수 있는 취미가 아무래도 부담 없고 오래 지속할 수 있어 좋을 것 같다고 생각했다. 여러모로 글쓰기야말로 어느 정도 나이가 든 사람이 하기에는 안성맞춤인 것 같다는 생각이 들었다. 물론 글쓰기는 남녀노소 누구나 다 가능하다. 하지만 많은 사람들이 글쓰기, 책 쓰기는 시간이 많은 사람이 하는 것으로 생각한다. 또한, 전문가나 성공한 사람이 쓰는 것으로 생각한다.

예전에는 나도 그렇게 생각했다. 하지만 가만히 생각해보면 학교 다닐 때는 일기를 썼다. 아이들 육아할 때는 가끔 육아일기도 썼다. 종교 생활하면서 '성서 100주간' 수업 때 내 생각과 느낌을 묵상하면서 메모를 하곤 했다. 생활하면서 조금씩은 내 생각과 느낌을 메모하고 살았었다. 평상시에도 이런 소소한 글쓰기를 해오고 있었던 것이다. 그러니 나 같은 평범한 사람도 글을 쓰고 책을 쓰는 것이 가능하다는 것이다.

중년이 되어 글을 쓰면 젊을 때 글을 쓰는 것보다 할 이야기가 많다. 살아온 세월이 있기에 인생의 노하우를 많이 가지고 있다. 그만큼 할 말이 많기에 글로 표현하면 풍성한 이야깃거리가 된다. 내 글을 읽고 있는 독자들도 글쓰기, 책 쓰기에 도전해보기를 권한다.

나이가 어느 정도 있다면 하루라도 빨리 도전해봐야 한다. '지금까지 그냥 잘 살았는데 굳이 뭘 또 도전해. 그냥 이대로 살 거야' 하는 사람도 많다. 그런 사람은 평생을 그냥 그렇게 꿈이 없이 살다가 나중에 후회해도 소용없다. 후회하지 않을 자신이 있다면 괜찮겠지만, 우리는 자신이 해보지 못한 것에 대한 후회와 미련을 안고 살아간다.

우리는 평생 한 번뿐인 인생을 산다. 한 번뿐인 인생을 살면서 타인의 시선을 신경 쓰며 살 필요는 없다. 특히 나같이 평생 주부로 살았던 사람이 꿈을 가지고 도전해보는 것은 쉬운 일은 아니다. 하지만 하고 싶은 꿈이 있다면 더 늦기 전에 도전해보는 게 후회 없는 삶을 사는 방법이다. 그런데 좋아하는 것, 하고 싶은 것을 아직 못 찾았다면 뭐라도 해보라고 말하고 싶다.

해봐야 내가 무엇을 좋아하고 잘하는지 알 수 있기 때문이다. 소소한 것부터 시작하다 보면 내 소질도 알 수 있고 발견할 수 있다. 아무것도 하지 않으면 아무 일도 일어나지 않는다.

　나이 때문이라는 핑계는 더 이상 통하지 않는다. 나이는 아무런 문제
가 되지 않는다. 나의 마음과 태도, 열정만 있다면 가능하다. 젊은 사람보
다는 더디겠지만, 열정이 있다면 천천히 가도 끝까지 갈 수 있다. 중간에
포기하지 않고 꾸준히만 한다면 결승점에 도달할 수 있다. 도전은 나이와
상관이 없다. 나이 들어도 도전을 통해 능동적으로 삶을 살아간다면 삶에
활기가 넘치고 인생이 즐거움으로 가득 찰 것이다.

모든 것은
나의 마음에 달려 있다

얼마 전, 휴가로 가족들과 함께 리조트에 머물 기회가 있었다. 야외 수영장을 비롯해 목장, 놀이동산, 액티비티를 즐길 수 있는 곳이었다. 가족들과 1박을 하면서 편하고 즐겁게 힐링할 수 있었다. 리조트와 가까운 곳에 아이들이 어렸을 때 살았던 곳이 있어 어떻게 바뀌었을지 궁금하기도 하고 그립기도 해서 한번 가보기로 했다.

가는 중에 여러 가지 추억이 떠올랐다. 아이는 아이대로 남편은 남편대로 각자의 추억이 담긴 곳이라 감회가 새로웠다.

도착해서 둘러보니, 특별히 많이 바뀐 것은 없는 것 같았다. 20년이 지나도 그때 그 모습 그대로였다. 너무 변화가 없다는 것이 좀 놀라웠다. 강산이 2번이나 바뀌는 세월인데 시골 모습 그대로인 것이 놀라우면서도 아쉬웠다. 아쉬움을 뒤로하고 돌아 나오면서 그 당시 남편이 회사를 그만두고 많이 갔던 저수지를 들렀다.

그 저수지를 보는 순간 여러 감정이 올라왔다. 결혼 초 시골이라 남편과 딱히 갈 곳이 없어 낚시하러 갔을 때 봤던 고요하고 잔잔하면서 반짝였던 저수지의 느낌이 생각났다. 몇 년 지나 남편이 회사를 그만두고 방황하면서 낚시를 다녔었던 기억도 함께 생각났다.

그 당시 외로움, 우울감과 괴로움으로 힘들어했던 내 모습이 떠올라 전날 즐겁게 힐링했던 좋은 감정이 희석되는 듯해 빨리 그곳을 빠져나오고 싶었다. 괜히 힘들고 아팠던 기억을 다시 끄집어내는 것 같아 피하고 싶었다. 아직도 내 마음속에는 그때의 안 좋았던 감정이 가라앉아 있었다. 세월이 더 지나야 할 것 같다.

2023년 여름은 유난히 더웠고 비도 많이 와 습한 날의 연속이었다. 여름 장마가 길어진다고 연신 일기예보가 나왔다. 기후 변화로 우리의 삶도 많이 바뀌고 있다. 우리의 먹거리와 주거, 생산성 등 많은 부분에서 기후 변화는 인간의 삶과 맞닿아 있다. 기후 변화 때문에 '기후 젠트리피케이션'이라는 신조어도 나왔다. 젠트리피케이션(gentrification)은, 낙후된 곳이 활성화되어 외부인이 유입되고 원주민이 밀려나는 현상이다. 기후 변화가 부동산에도 직접적으로 영향을 미쳐 우리의 삶도 바꾸어간다는 것이다.

지인 중에 비 오는 날을 유난히 좋아하는 사람이 있다. 지붕 천장과 처마 위에 떨어지는 빗소리가 그렇게 낭만적일 수가 없다고 했다. 그렇지만 나는 비 오는 날을 좋아하지 않았다. 비가 오면 습하기도 하고, 옷이고 신발이고 가방이고 빗물로 축축하게 되는 게 싫었다. 또한, 차가 많이 막혀 시간도 오래 걸리고 불편한 점이 한두 가지가 아니니 말이다.

우산을 준비하지 않는 날 비가 오면 너무 짜증이 나고 싫었다. 그런데 지금은 예전처럼 그렇게 싫지는 않다. 감각이 무뎌졌는지 비 오는 날 창밖을 통해 비를 바라보고 있으면 그렇게 낭만적일 수가 없다. 비 오는 날 운전하는 것을 무서워했고, 가능하면 안 하려고 한 적이 많은데 지금은 생각이 바뀌었다.

올여름에는 엄청난 비가 왔었다. 운전하고 가는데 비가 너무 많이 와 앞이 전혀 보이지 않을 정도였다. 하늘에 구멍이 뚫려 비를 쏟아부었다는 표현이 맞을 정도로 무섭게 비가 내렸다. 그래도 무섭지는 않고 그냥 그러려니 하면서 평소와 같이 운전하면서 장도 보고 볼일을 볼 수 있었다. 나이가 들면서 두려움과 불안이 많이 없어진 것 같다.

심리학 멘토인 황시투안(黃启团)의 《모든 관계는 나에게 달려 있다》에서는 '내 안의 패턴을 바꿔야 한다'고 했다. 패턴이란, 우리 삶에 끊임없이 반복되는 그 사람의 고유한 행동이나 생각, 정서적 반응 등을 포괄해서 이르는 말이다. 우리가 매번 고난을 겪는 이유는 익숙한 삶의 패턴과 관련이 있다고 했다. 자신의 내면 패턴을 보고 깨달아야 변화할 수 있다고 했다. 하나의 대응 패턴이 자리를 잡으면 그 사람은 어디서나 같은 패턴으로 상황에 대처한다고 했다.

내가 힘든 이유는 나의 뿌리 깊게 박혀 있는 잘못된 신념과 의식이 패턴이 되어 그 패턴 그대로 상황을 인식하고 대처하기 때문이다. 힘든 것에는 모두 이유가 있는 법이다. 왜 그런지 이유를 생각하고 문제점을 찾고 해결하려고 노력해야 한다. 그래야 인생이 달라질 수 있다.

열린 마음을 가지고 있어야 남들이 하는 말을 오해 없이 들을 수 있다. 마음을 닫고 자기 생각만 옳다고 하면 독불장군이 될 수밖에 없다. 그러다가 외롭고 고독해지면서 힘들어진다. 다양한 사람들의 생각이 함께하는 사회다. 다양함을 인식하고 인정하고 받아들이다 보면 어느새 내 마음도 편해지고 자유로워진다.

우리는 우리의 감정에 익숙하지 않다. 즉, 내가 느끼는 감정이 왜 일어났는지 잘 알지 못한다. 황시투안은 감정을 올바르게 다루는 방법은 그 감정을 그대로 받아들이는 것이 우선시되어야 한다고 했다. 나는 아이들을 키울 때 내 감정을 숨기는 경우가 많았다. 슬픈 감정이 느껴지면 누가 볼까 봐 뒤돌아 눈물을 훔치고 아무렇지 않은 듯 행동하곤 했다. 슬프면 슬프다, 힘들면 힘들다, 기분이 좋으면 좋다고 표현하지 않고 살았다. 나의 무의식 속에 올라오는 감정을 겉으로 표현하면 안 된다고 생각했다. 꾹꾹 눌러 담아놓고 살았다.

하지만 내 감정을 내가 무시하고 살면 그 감정은 큰 병으로 변형되어 나를 더 큰 위험에 빠뜨리게 한다. 내가 내 감정을 알아채야 한다. 그 감정이 일어난 이유를 살피고 온전히 그 감정을 받아들여야 한다. 대부분 알고는 있지만, 쉽게 실천하지 못한다고 한다. 그 이유는 완벽하게 알지 못하기 때문이라고 저자는 말하고 있다. 단지 생각으로만 짐작하고 있는 것은 알고 있다고 할 수 없다. 반드시 실천해서 행동의 변화를 만들어야 완벽하게 안다고 할 수 있는 것이다.

모든 것은 내 안의 나로부터 시작된다. 나의 마음 상태를 바꿀 수 있는 것은 나밖에 없다. 그 누구도 나를 바꿀 수 없다. 어떨 때는 나도 나를 잘 모를 때가 있다. 모르기도 하지만 싫어하고 미워하고 원망하고 후회한다. 우리의 삶이 그렇다. 나와 제일 가까운 배우자도 좋았다가도 실망하고 그러다 다시 좋아지지 않는가. 우리의 감정은 수시로 변한다. 이런 내 마음의 상태를 있는 그대로 받아들이고 인정하는 수밖에 없다. 우리는 예수도 부처도 아니지 않는가.

내 마음의 감정을 인정하고 받아들이다 보면 어느새 편안해질 것이다. 나를 믿고 사랑하는 시간을 가진다면 조금 더 자유로워질 것이다. 내가 어떤 사람인지 나 자신이 가장 잘 알기에 흔들리지 않는 것이다. 나무는 단단한 뿌리를 내리면 비바람과 태풍에도 꼼짝하지 않는다. 내 안의 심지를 굳건히 하면 외부의 환경에 흔들리지 않는 상태가 된다. 굳건한 뿌리를 내리기 위한 작업은 평생에 걸쳐서 해야 한다.

사람은 누구나 장단점을 가지고 있다. 나의 단점이 아닌 장점에 집중해야 한다. 나의 장점은 나의 무기가 될 수 있다. 나의 장점을 극대화하고 집중해나간다. 더 이상 과거에 머무르지 않고 내 생각과 에너지가 긍정과 희망의 에너지로 바뀌어가면 행복이 나와 함께한다.

사실, 세상에서 제일 소중한 존재는 나라는 것을 깨달은 지 오래되지 않았다. 나에게는 자식과 남편이 더 소중했던 적이 있다. 하지만 가족보다 내가 먼저 이 세상에 있어야 가족을 챙길 수 있지 않은가. 나를 사랑하고 나의 가치를 인정하는 것이 먼저 되어야, 타인의 말과 행동에 쉽게 흔들리지 않는다. 나는 세상에서 제일 소중한 사람이라는 것을 다시 한번 더 생각하고 깨닫는 시간이다.

지금이 가장
젊은 순간이다

아이들이 성인이 되고 남편과 주말부부 생활을 하고 있으니 생활 패턴이 많이 바뀌었다. 지금은 가족들 식사 챙겨줄 일도 많이 없다. 그래서 시장이나 마트도 예전처럼 자주 가지 않아도 된다. 네 식구가 다 같이 살 때는 요리를 많이 했는데, 요즘은 확실히 덜하게 되고 짧은 시간에 빨리 조리할 수 있는 간편한 요리를 주로 한다. 마트나 시장을 가도 반찬거리보다는 과일을 더 많이 사놓고 먹을 때도 있다.

50살이 넘어가면서 체력이 달린다는 생각에 영양제를 하나씩 먹다 보니 제법 이것저것 먹게 되었다. TV 방송을 보면 방송사마다 의사들이 패널로 나와 꼭 먹어야 하는 영양제를 추천해준다. 그 영양제를 먹지 않으면 큰일 날 것처럼 공포감을 심어준다. 홈쇼핑 채널마다 다양한 영양제를 팔고 있고, 꼭 먹어야 하는 것처럼 광고하고 있다.

온 국민이 집에 영양제 2~3개는 두고 먹는 것 같다. 처음에 영양제를 먹을 때는 조금 좋다는 느낌이 오지만 지속해서 먹어도 뚜렷한 효과나 드라마틱한 효과는 없는 것이 사실이다. 먹으면서도 이게 맞나 싶은 생각이 들 때도 있다. 그래도 안 먹는 것보다는 먹는 게 낫지 않을까 싶어 건강을 위해 계속 먹어왔다.

친정에 가면 부모님도 영양제를 2~3개는 기본으로 드시고 계셨다. 부모님은 영양제를 먹으니 효과가 있다고 말씀하신다. 하지만 나는 위가 안 좋아지고부터는 모든 영양제를 끊었다. 처음에는 영양제를 먹지 않는 것에 대해 불안감이 있었다. 하지만 곧 아무 문제가 없다는 게 느껴졌다. 영양제보다는 식사 때 잘 챙겨 먹는 쪽으로 신경을 쓰고 있다.

유튜브에 한약사가 나와 영양제에 관해 이야기하는 것을 본 적이 있다. 많은 사람이 유행처럼 영양제를 먹고 있다고 했다. 그렇게 계속해서 먹어왔음에도 불구하고 암이라든지 특정 질병은 계속해서 늘어나고 있다고 했다. 즉, 영양제를 먹는다고 병에 걸리지 않는 것은 아니며, 도움도 크게 되지 않는다는 이야기다. 그 이야기를 들으니 맞는 말인 것도 같았다. 제약회사만 배를 불려주는 게 아닌가 하는 생각도 든다.

나는 화장품에 관심이 많았던 적이 있다. 지금은 우리나라 화장품이 세계적으로 유명해졌지만 15~20년 전만 하더라도 그렇지 못했다. 나는 기초 화장품에서부터 색조 화장품까지 나름대로 노트에 필기하면서 각 브랜드 제품을 공부한 적이 있다. 브랜드마다 성분도 다르고 색조 화장품의 경우는 발색력이 차이가 있어 그런 점들을 꼼꼼히 체크하면서 공부했다.

지인 중에 S언니가 수입 화장품을 판매한 적이 있다. S언니는 지인들에게 마사지랑 팩을 해주기도 했다. 그때 언니는 "우리가 옷은 언제든지 사 입을 수 있지만 피부가 한번 망가지면 복구하기도 어려워. 여자는 피부가 좋으면 비싼 옷을 사 입지 않아도 빛이 나. 그래서 피부 관리는 중요해"라고 강조했었다. 피부가 깨끗하고 좋으면 특별히 비싼 옷을 입지 않아도 예뻐 보이는 것은 사실이다.

또 다른 지인인 H언니는 화장품과 마사지를 워낙 좋아하다 보니 아예 피부관리실을 오픈해서 사업을 시작했다. H언니의 피부관리실에도 방문해 언니의 조언도 듣고 화장품도 구매해서 쓰기도 했다. 언니에게 유명 연예인 K가 써서 유명해진 화장품이라고 소개받았다. 하지만 기대가 너무 컸던 탓일까? 써보니 생각보다 가격 대비 그렇게 좋은지 잘 모르겠다는 생각이 들었다. 그 이후에는 고가의 화장품을 안 쓰게 되었다.

지금의 나는 과거보다는 화장품에 관심이 덜해졌다. 나이 때문에 주름이 신경이 쓰이지만, 예전보다 화장품 개수도 줄었고, 색조 화장은 거의 안 하는 편이다. 얼굴에는 에센스와 크림만 바르고 있고 아이크림은 안 바른 지 오래다. 가끔 팩으로 수분을 공급하는 편이다.

화장품을 고를 때는 꼭 성분을 확인하는 애플리케이션을 통해 검색 후에 구입해서 쓰고 있다. 아무리 비싸고 좋은 제품이라 해도 자기 피부에 맞는지가 중요하다. 요즘은 우리나라 화장품이 워낙 좋고 유명해서 수입 화장품에 의존할 필요가 없다고 느낀다. 또한, 나는 세월과 함께 자연스럽게 늙어가고 싶어 과한 화장은 멀리하게 되었다. 내 나이에 아무리 좋은 화장품을 쓴다고 해도 다시 30대로 돌아가지는 않기 때문이다.

30대 때 느끼지 못했지만, 지금은 느낄 수 있는 것들이 많아졌다. 좀 더 인간적으로 성숙해졌고 감사함을 깨닫게 된 것이다. 가장 큰 깨달음은 내 옆의 배우자에 대한 감사함이다. 내 옆에 항상 든든하게 함께해주고 있는 나의 반쪽에 대한 고마움. 우리 가족을 위해 수고해주고 있다는 것에 대한 감사함. 그 고마움을 30대 때에는 느끼지 못했다.

지나간 시간에 대한 아쉬움이나 후회는 물론 있지만, 후회한들 소용이 없는 것은 당연하다. 또한, 지난 세월에 대한 후회로 에너지를 쓰고 싶지는 않다. 나는 충분히 최선을 다했다고 생각한다.

또한 지난 세월에 대한 그리움이 많지 않다. 다시 젊은 시절로 돌아가고 싶지도 않다. 50대인 지금이 편하고 좋다. 지금 꿈이 있고 꿈을 꾸기에 나의 현재는 지난 30대 때보다 더 좋다. 꿈이 없었던 30대의 나보다 50대인 지금이 더 좋다는 말이다.

지금, 이 순간이 제일 행복하고 젊은 순간이다.

내면의 목소리에
귀 기울이기

큰아이가 초등학교에 입학하기 전에 천식으로 고생한 적이 있었다. 그 때는 공기 좋은 시골에 살았는데도 천식이라는 병을 얻어 치료하느라고 힘들었다. 동네 소아과에서는 치료가 어려우니 큰 병원으로 가라고 해서 가까운 도시의 대학병원에 다니면서 치료를 했다. 아이도 나도 힘들고 고통스러웠다.

천식에 걸리면 원인을 알아내는 약물검사를 한다. 원인은 집먼지진드기였다. 원인을 알고부터는 아이를 진드기로부터 차단하기 위해 무던히 애썼다. 이불, 베개, 카펫, 커튼 등 진드기가 살 만한 모든 곳을 세심히 신경 썼다. 거실 카펫은 아예 없애버리거나 치우고, 이부자리는 매일 햇볕에 살균하고 집 안은 매일 쓸고 닦는 등 엄청난 노력을 기울였다. 시댁이나 친정에 가야 하는 경우에는 출발하기 전에 미리 말씀드려 이불과 베개를 깨끗한 것으로 준비해놓으시게 했다.

병원 약 이외에 책을 보고 공부해 민간요법으로 천식에 좋은 약초도 구하러 다녔다. 시골이다 보니 약초가 지천에 널려 있었다. 캔 약초를 냄비에 달여서 아이한테 먹이곤 했다. 써서 아이가 힘들어했지만 어르고 달래가며 "이 약물 먹으면 천식이 빨리 낫는다"라고 하면서 먹였다. 아이는 힘들어했지만, 그래도 빨리 낫고 싶었는지 잘 먹어주었다. 그렇게 몇 개월을 고생했더니 아이는 조금씩 차도를 보이면서 좋아져갔다. 아이와 함께 힘든 과정을 겪을 때는 이 순간이 영원히 계속되는 것은 아닌지 앞이 보이지 않아 걱정과 불안 속에 살았다. 하지만 항상 모든 일에는 끝이 있다. 아이의 천식은 덜 하면서 서서히 멈추게 되었다.

작년 가을, 친정 식구들과 통영으로 2박 3일 가족여행을 다녀왔었다. 평생 처음으로 부모님과 오빠네 식구, 미혼인 동생, 딸과 함께 9명의 대식구가 여행을 갔다. 남편은 도저히 스케줄을 맞출 수가 없어 아쉽게도 같이하지 못했다. 아들은 해외에 있어 일부러 오라고 할 수는 없었다. 동생 친구가 마침 통영에 살고 있어 몇 년 전부터 놀러 오라는 이야기를 했지만, 식구들 스케줄 맞추기가 쉽지 않고 코로나로 가기가 쉽지 않았다.

하지만 9명 식구의 스케줄을 힘들게 맞춰 드디어 평생 처음으로 가족여행을 가게 되었다. 가을이라 선선한 바람과 높은 하늘, 뜨거운 햇볕이 여행하기에 안성맞춤이었다.

친정아버지가 허리 협착증으로 여행이 가능할까 하는 염려도 있었지만, 어떻게 기운을 내셔서 어렵게 함께하게 되었다. 하루라도 빨리 건강하실 때 모시고 가지 않은 게 조금 후회가 되긴 했다. 몸이 불편한 아버지에 맞춰 스케줄은 느슨하고 편하게 하려고 애썼다. 관광지는 많이 걷지 않는 곳으로 했지만 힘드실까 봐 아버지를 잘 살피면서 맞춰드렸다. 동생 친구의 배려로 좋은 숙소에서 맛있는 식사를 할 수 있었다.

그리고 통영 케이블카를 타고 높은 전망대에 올라가서 본 통영의 바다와 산, 하늘은 너무나도 멋졌다. 왜 통영을 '한국의 나폴리'라고 하는지 알 것 같았다. 이렇게 멋지고 좋은 곳을 가족들과 함께 볼 수 있어 행복했다. 부모님도 너무 행복해하셨다.

하루가 다르게 부모님 건강이 안 좋아지니 빨리 좋은 곳을 자주 보여드리고 함께하고 싶은 마음이다. 가족과 행복한 여행을 하면서 따뜻함과 사랑을 느끼는 시간이었다. 한 번씩 서로 의견이 대립되어 갈등하고 싸울 때도 있지만, 가족은 나에게 따뜻한 울타리이자 나의 든든한 보호막이며 에너지 충전소다.

나의 아버지는 팔순이 넘은 나이시지만 항상 새로운 것에 대한 지적 호기심이 넘치신다. 사진 찍는 것도 좋아하시고 컴퓨터도 나보다 잘 다루신다. 한글, 파워포인트, 엑셀, 포토샵 등도 배우셨다. 새로운 정보가 있으면 우리한테 카카오톡 메시지로 자주 공유해주시곤 한다. 서예도 시작하셨지만, 허리가 아파 그만두셨다. 드론도 배우고 싶어 하셨는데 못하고 계신다. 젊은 사람보다 더 하고 싶어 하시는 게 많은 것 같다는 생각이 든다.

식사는 잘하시는 편인데, 계속 살이 빠지고 기력이 많이 떨어지셔서 힘들어하신다. 허리 협착증이 있어 한 달에 한 번씩 진통제 주사를 맞으며 견뎌내시고 있다. 서울 유명한 교수님께 진료를 받아 수술 없이 운동으로 치료하려고 했지만, 이미 병이 많이 진행된 뒤라 운동으로 고치기에는 무리가 있었다.

아버지는 수술하고 싶어 하시는데, 연세가 많으셔서 여러 가지로 걱정이다. 부산의 허리 전문병원에서 재진료받고 수술 날짜를 받은 후에 할 예정이다. 이 병원도 진료만 받는 데 최소 6개월 이상 예약이 밀려 있는 상태고, 수술 날짜 잡는 데도 많은 시간이 걸릴 것 같다. 아버지의 건강이 너무 많이 걱정된다.

아버지는 어릴 때 나를 굉장히 예뻐해주셨다. 그런 아버지께서 지금 많이 편찮으셔서, 아버지를 볼 때마다 마음이 아프다. 아버지의 고통을 조금이라도 편하게 해드리고 싶지만, 방법은 크게 없어 죄송스럽다.

노년의 어르신 중에는 건강하셔서 마음대로 활동이 가능한 분도 계신다. 하지만 아버지처럼 병환으로 인해 힘든 일상생활을 하시는 분들이 많이 있다. 아버지는 힘든 생활을 하고 계시지만, 그래도 본인의 마음을 잘 통제하면서 이겨내시려고 한다. 자식들에게도 짐이 되지 않기 위해 당신이 할 수 있는 최소한의 노력은 하시려고 하신다.

아버지의 모습을 보고 있노라면 나도 언젠가는 찾아올 노년에 덜 고독하고 건강한 노년을 보내려면 어떻게 해야 될지에 대해 생각하게 된다. 하지만 인간에게 고독함은 어쩌면 숙명이 아닐까 하는 생각도 든다. 고독함에서 벗어나기 위해 많은 사람들이 다른 사람들과의 만남과 헤어짐을 반복한다. 하지만 결국에는 나만이 그 고독을 해결할 수 있다. 나이가 들수록 내면의 나를 살피고 들여다봐야 한다. 혼자만의 시간을 가져야 타인의 생각과 말에서 벗어나게 될 수 있다. 내가 원하는 것에 집중하고 나의 내면의 목소리에 귀 기울여야 한다. 오롯이 나만의 시간을 즐기다 보면 하루가 너무 짧게 느껴진다. 나한테 집중하는 시간을 통해 나의 내면이 채워지면서 충만해진다.

스스로가 자기 인생의 주인공으로서 기쁨과 성취감을 느끼며 행복하게 살아야 한다. 나는 하고 싶은 일과 꿈을 가지고 살아가는 요즘, 하루가 정말 순식간에 지나간다.

당신의 중년을
응원합니다

　서울에 살 때는 성당에 다니며 열심히 종교 생활을 했다. 레지오 활동도 하고 서기도 맡아왔다. 주말에 있는 회의도 꼬박꼬박 참석하고 아이들도 모두 세례를 받게 했다. 미사 시간에 독서 봉사를 맡아 1년 동안 새벽 미사에 독서 봉사자가 되었다. 많은 신자 앞에서 성서를 읽으면서 마음의 평안을 가졌다. 1년 동안 일주일에 한 번이었지만 새벽에 일어나 나를 단정히 하고 주님의 말씀을 전할 수 있는 이 시간이 나에게는 참 소중하고 뜻깊었다.

　성서 백주간을 하면서 성서의 말씀을 더 깊이 묵상하고 교우들과 말씀을 나누는 시간도 가졌다. 말씀과 함께 나의 내면을 깊이 들여다보며 기도할 수 있는 시간이었기에 더없이 소중한 시간이었다.

　남경흥 작가의 《허공의 놀라운 비밀》에서는 미국 뇌과학자들의 연구 결과에서 전체 뇌세포 230억 개 중 98%가 말의 지배를 받는 것을 밝혀졌다고 한다. 우리가 어떤 내용에 대해 반복적으로 말을 하면, 우리의 뇌는 그것을 이루기 위해 우리가 의식하지 못하는 가운데 자동 실행 장치를 켠다고 했다.

만약 "나는 행운아야"라고 입버릇처럼 반복적으로 말하는 사람에게는 좋은 일들이 일어나며 잠재의식이 주로 그런 것을 찾아낸다고 했다. 반대로 "나는 항상 재수가 없어"라고 자주 말하면 재수 없는 일만 생기게 되는 것이다. 즉, 원인과 결과는 한 덩어리다.

아메리카 인디언들의 속담에도 이와 비슷한 "당신이 생각한 말을 1만 번 이상 반복하면 당신은 그런 사람이 된다"라는 말이 있다.

우리가 잘 알고 있는 화가 중 빈센트 반 고흐(Vincent van Gogh)와 파블로 피카소(Pablo Ruiz Picasso)가 있다. 그중 빈센트 반 고흐는 평소에 "나는 비참하게 살다가 죽을 거야. 나는 돈과 인연이 없는 사람이야"라고 말하곤 했다. 반면, 파블로 피카소는 "나는 그림으로 억만장자가 될 거야. 나는 갑부로 살다가 갑부로 죽을 거야"라고 말했다. 결과적으로 고흐는 무명으로 가난하게 살다가 비참하게 생을 맞이했다. 반면 피카소는 젊은 나이에 유명인사가 되어 억만장자의 삶을 살다가 죽었다. 이 두 화가의 말은 그대로 이루어졌다. 말에는 아주 무서운 힘이 있다는 게 느껴진다.

우리가 잘 아는 실험을 통해서도 말의 힘이 얼마나 대단한지 알 수 있다. 똑같은 밥 2개를 똑같은 병에 넣고 한쪽 밥에는 "사랑해, 고마워, 멋져, 힘내"라는 긍정적인 말을 하고, 또 다른 밥에는 "짜증 나, 싫어, 별로야, 못났어"라는 부정적인 말을 한다.

부정적인 말을 들은 밥은 금방 누렇게 되고 곰팡이가 전체적으로 확 번져버리고 만다. 그에 비해 긍정적인 말을 들은 밥은 아주 천천히 색깔이 변한다. 결과적으로 나쁜 말을 들은 밥은 일찍 상하고, 좋은 말을 들은 밥은 천천히 상하게 된다. 생명이 없는 밥도 이럴진데, 하물며 생명이 있는 사람이나 생명체에게 좋은 말이 어떤 영향을 끼치게 될지 생각하게 된다.

나는 버킷리스트에 내가 하고 싶은 것들과 긍정적인 확언을 적어놓고 소리 내어 읽는다. 이미 이루어져 기쁘고 감사하다는 느낌으로 말하고 생각한다. 이러한 행동은 긍정 에너지를 갖게 하고 기분 좋은 하루를 열 수 있게 하는 힘이 된다.

중년이 되면 살아온 세월만큼 부정적인 생각과 행동의 틀에 갇히게 되면서 아무것도 할 수 없는 사람으로 스스로를 인식한다. 예전의 나 역시 평생을 가정주부로 남편과 아이들을 뒷바라지하면서 가족의 행복이 내 인생의 전부인 양 생각했다.

사람은 누구나 행복하고 기쁘게 살 의무와 권리가 있다. 하지만 나는 그 권리와 의무를 이행하지 않았고, 이행해야 한다는 생각조차 못 했다.

행복해지려면 먼저 나의 내면을 기쁨과 행복으로 채워야 한다. 그럼 무엇을 해야 나의 내면이 기쁨과 행복으로 가득 찰 수 있을까?

자기가 관심이 가고 호기심이 생기는 것을 선택하면 된다. 처음부터 너무 큰 기대를 하고 시작해서 금방 싫증이 나는 것보다는 소소한 것이라도 관심이 생기는 것을 선택하면 된다. 내 마음이 즐거우면 사는 것이 재미가 있어진다. 그러면 활력과 열정이 생긴다. 그렇게 긍정적인 자세로 살아가면 하는 일이 잘되면서 술술 풀리게 된다.

많은 사람이 삶에서 도저히 긍정이라고는 찾을 수가 없는데 어떻게 희망을 찾느냐고 반문할 수도 있다. 하지만 자세히 들여다보면 긍정과 감사는 모든 곳에 존재한다. 우리가 이렇게 숨 쉬고 살아 있다는 것만으로도 얼마나 감사한 일인가! 자신의 내면을 잘 들여다보면 분명 감사할 수 있는 것들이 많다는 것을 알 수 있을 것이다.

예전에 부모수업에서 매일 장점 10가지씩 적어오는 숙제가 있었다. 처음에는 장점이 전혀 떠오르지 않았다. 하지만 찬찬히 생각해보니 어느덧 10가지는 금방 적을 수 있게 되었다. 평소 당연하다고 느꼈던 것에 관한 생각을 조금만 바꾸니 장점으로 다가왔다. 장점에 대해 적으면 감사함이 절로 따라온다. 직접 해보면 무슨 말인지 금방 이해될 것이다.

대한민국 1호 기록자 《거인의 노트》의 김익환 교수님은 메모는 내 안의 잠재성을 끌어낸다고 했다. 나중에 볼 거라고 생각하고 기록하는 메모는 거의 다 잊어버린다. 우리는 책을 보고 정확하게 기록하기 위해서 메모를 하지만, 또 한편으로는 책에 든 것보다 훨씬 더 많은 지식과 지혜가 우리의 뇌와 몸 안에 들어 있다. 그것을 우리는 '잠재성'이라 말한다. 우리가 가지고 있는 내재적인 능력을 100%로 본다면 실제로 인지하고 사용하는 것은 20%밖에 안 된다. 우리 안에 있는 지적인 자산을 메모를 통해 끄집어내면서 그것을 구체화하고, 잠재성을 현재성으로 만들 수 있는 중요한 수단 중 하나가 메모라고 한다.

많은 사람이 과거의 상처와 트라우마로 힘들어한다. 그럴 때는 기록으로 마음의 상처를 치유해보는 것은 어떨까. 사람들은 감정 상태의 고민을 하게 된다. 김익환 교수님은 어떤 문제가 생기면 배경과 원인을 적고, 해결법으로 선택A, 선택B, 선택C를 만들어 항목별 장단점을 생각해서 메모하라고 조언했다. 그러면 처음에는 애매하고 막연한 감정의 느낌이 메모를 하면서 '이성적 영역의 고민으로 생각을 바꿔주는 메모'가 된다는 것이다. 이렇게 하면 뚜렷하고 명시화된 해결점이 나타난다는 것이다. 나의 내적 상태, 생각, 자산 등을 명시화해서 활용하게 해주는 '메모의 힘'에 대해 말씀하셨다.

우리는 살아오면서 많은 결정과 선택을 하게 된다. 그럴 때마다 우리는 제일 가까운 사람에게 고민을 말하고 상담하면서 그 사람들에 의해 많은 결정을 하게 된다. 나도 여태껏 그렇게 했었다. 하지만 정말 내가 원하고 좋아하는 것은 가까운 사람들도 잘 알지 못한다. 내 마음은 내가 제일 잘 안다. 남은 나의 겉모습과 내가 처해 있는 환경만 보고 판단하는 수밖에 없다. 마음속 깊이 내재화되어 있는 나의 본모습은 나 자신이 제일 잘 알고 있다. 마음속 깊은 곳에 내가 정말 원하고, 하고 싶은 것을 찾아내는 작업은 나만 할 수 있다. 처음에는 잘 안 될 수 있다. 하지만 끊임없이 반복적으로 들여다보고 묻고 메모하다 보면 분명 찾을 수 있을 것이다.

아이들이 성인이 되고 남편과 주말부부를 하게 되면서 갑자기 많은 시간이 나에게 주어졌다. 처음에는 이 시간을 어떻게 활용해야 할지 우왕좌왕하기도 했다. 때로는 과거를 추억하며 지난날을 후회하고 미련을 두는 상태를 경험하면서 공허함이 밀려들어 왔다.

하지만 내가 진정으로 원하는 것을 알게 된 후부터는 그 누구에게 의논할 필요도 없이 조용히 혼자 한다. 그렇게 하면 된다. 소소한 것에서부터 기쁨과 행복을 느껴보자. 우리는 충분히 멋진 중년으로 거듭날 수 있다. 꿈을 꾸고 꿈을 이루어나가는 작업을 당장 시작해보자!

중년이 되면 괜찮을 줄 알았다

제1판 1쇄 2024년 1월 31일

지은이   조숙경
펴낸이   한성주
펴낸곳   ㈜두드림미디어
책임편집 최윤경, 배성분
디자인   얼앤똘비악(earl_tolbiac@naver.com)

㈜두드림미디어
등록   2015년 3월 25일(제2022-000009호)
주소   서울시 강서구 공항대로 219, 620호, 621호
전화   02)333-3577
팩스   02)6455-3477
이메일 dodreamedia@naver.com(원고 투고 및 출판 관련 문의)
카페   https://cafe.naver.com/dodreamedia

ISBN   979-11-93210-44-4 (03810)

책 내용에 관한 궁금증은 표지 앞날개에 있는 저자의 이메일이나
저자의 각종 SNS 연락처로 문의해주시길 바랍니다.